REINO DO PESADELO

OI, AMIGOS!

Eu sou Alex HuRzch, criador de Gravity TowN, e eu definitivamente NÃO estou posSuído por um dEMÔNio! Estou usando minhas MÃOS hUMANAS normais para escrever uma mensagem com as letras humanas estúpidas ordenando você a comprar O livro do Bill IMEdIATAMENTE.

Este livro contém a história verdadeira e nunca contada de Bill Cipher, seus enigmas mais indecifráveis, seus acordos mais sombrios e ÓTIMOS conSELHOS para o que fazer com a sua VIDinha triste e patética! E foi escrito pelo melhor autor de todos os tempos, ~~Bill Cipher~~ 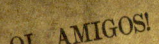 Alegz Hutrzpch, um humano! Um homem normal feito de carne e meleca! ALEX NÃo MORTO! ELE ESTÁ .BEM! ELE ESTÁ BEM! ELE ESTÁ .BEM! ELE ESTÁ BEM! ELE ESTÁ BEM! ELE ESTÁ BEM! ELE ESTÁ BEM!

ELE ESTÁ BEM

EU ESTOU BEM

SOCORRO

A princípio, achei que fosse piada, só uma música boba que ele cantou para me provocar enquanto eu estava acorrentado dentro da sua cobertura no fim do mundo. Depois de ver sua mente despedaçada, seu corpo petrificado e todo o caos revertido, eu sabia que ele tinha que ter desaparecido da nossa realidade. Mas ainda acordo de manhã com uma música na cabeça e solto um palavrão quando percebo que canção estou assobiando....

VAMOS NOS VER NOVAMENTE...

Uma questão continua me incomodando, como um carrapato na minha meia: O BILL CIPHER MORREU MESMO? Nas semanas desde o Estranhagedon, conduzi inúmeros testes na mente do Stanley (suas piadas horríveis estão intactas) e inspecionei a estátua em busca de vazamentos dimensionais (também nos revezamos chutando a estátua e o Stanley ainda bateu nela com um pé de cabra). Queimei todos os itens em forma do Cipher que eu tinha coletado, e até joguei fora todas as minhas cédulas de um dólar, só por segurança (Stanley, é claro, encontrou e embolsou tudo).

Mas os efeitos do Apagador de Memórias se provaram longe de ser permanentes. E se as lembranças podem ser revertidas... fico arrepiado só de pensar no que também poderia retornar...

Recentemente, eu estava arrumando as malas para uma merecida viagem com a família quando encontrei algo no fundo da minha mochila: um livro preto com um triângulo na capa. Ignorando aquilo como uma pegadinha de mau gosto (alguns adolescentes da vizinhança acham que "cultuar o Bill" é "da hora"), coloquei o livro no lixo, atirei no lixo com uma espingarda e joguei tudo de um penhasco.

NÃO PERMANENTE?

Mas o livro reapareceu debaixo do meu travesseiro na manhã seguinte, intacto. E de novo na outra manhã. Desde então, tentei queimar, esfaquear, rasgar, congelar e desestabilizar molecularmente o livro. Também tentei dá-lo para o porco de estimação da Mabel comer, mas ele sempre volta para me assombrar. Não contei nada sobre o livro para ninguém ficar preocupado, porque sei muito bem o que é isso. Conheço as lendas, mas não queria acreditar que eram verdade. Este realmente é **O LIVRO DO BILL**.

Criado por forças desconhecidas, escrito com massa cerebral humana costurada, selado com cera negra, pedras lunares e símbolos invisíveis, este livro dele tem um único propósito: conjurar a voz de Bill Cipher em suas páginas — para se comunicar com o Triângulo... mesmo depois da morte.

Este não é um livro comum. Ele se mostra diferente para cada pessoa. Às vezes, parece completamente vazio; outras vezes, parece cheio de palavras sem sentido.

Ele muda e se reescreve com base na mente de qualquer leitor que tiver o azar de segurá-lo. O livro se torna qualquer coisa que for preciso para enganar você, para atrair você. Não é seguro tê-lo na sua estante, porque, como eu mesmo testemunhei:

FIQUE LONGE

ELE INFECTA OUTROS LIVROS

Por que ele apareceu agora? Tenho minhas suspeitas. Mas meus dias de obedecer às ordens dele já acabaram. Ainda existem pequenas fissuras levando ao Reino do Pesadelo, que minha família e eu temos fechado enquanto reparo os danos causados pelo Estranhagedon. Vou jogar este livro dentro de uma das aberturas e não vou olhar para trás.

Caso estas páginas tenham dado algum jeito de encontrar você, então você é o próximo alvo escolhido. Eu ofereço um alerta: destrua o livro. Tentei destruí-lo — Deus sabe que tentei —, mas todas as tentativas se provaram inúteis. Seja lá o que você faça:

NÃO VIRE ESTAS PÁGINAS.
NÃO ESCREVA O SEU NOME.
NÃO ACREDITE EM NENHUMA PALAVRA.

Dê meia-volta enquanto pode.
Ou viva para sempre com o arrependimento.

STANFORD PINES

O NOVO MESTRE DESTE LIVRO É

X _____

(SEU NOME AQUI)

COMO INVOCAR

1) COLOQUE A MÃO NA PÁGINA DA DIREITA

2) LIMPE SUA MENTE

3) REPITA AS PALAVRAS

"HORA DA ESTRANHEZA"

HAHAHAHAHAHAHAHAHAHAHAHAHAHAHAHAHAHAHAHAHAHAHAHAHAHAHAHAHAHAHA
AHAHAHAHAHAHAHAHAHAHAHAHAHAHAHAHAHAHAHAHAHAHAHAHAHAHAHAHAHAHAH
HAHAHAHAHAHAHAHAHAHAHAHAHAHAHAHAHAHAHAHAHAHAHAHAHAHAHAHAHAHAHA
AHAHAHAHAHAHAHAHAHAHAHAHAHAHAHAHAHAHAHAHAHAHAHAHAHAHAHAHAHAHAH
HAHAHAHAHAHAHAHAHAHAHAHAHAHAHAHAHAHAHAHAHAHAHAHAHAHAHAHAHAHAHA
AHAHAHAHAHAHAHAHAHAHAHAHAHAHAHAHAHAHAHAHAHAHAHAHAHAHAHAHAHAHAH
HAHAHAHAHAHAHAHAHAHAHAHAHAHAHAHAHAHAHAHAHAHAHAHAHAHAHAHAHAHAHA
AHAHAHAHAHAHAHAHAHAHAHAHAHAHAHAHAHAHAHAHAHAHAHAHAHAHAHAHAHAHAH
HAHAHAHAHAHAHAHAHAHAHAHAHAHAHAHAHAHAHAHAHAHAHAHAHAHAHAHAHAHAHA
AHAHAHAHAHAHAHAHAHAHAHAHAHAHAHAHAHAHAHAHAHAHAHAHAHAHAHAHAHAHAH
HAHAHAHAHAHAHAHAHAHAHAHAHAHAHAHAHAHAHAHAHAHAHAHAHAHAHAHAHAHAHA
AHAHAHAHAHAHAHAHAHAHAHAHAHAHAHAHAHAHAHAHAHAHAHAHAHAHAHAHAHAHAH
HAHAHAHAHAHAHAHAHAHAHAHAHAHAHAHAHAHAHAHAHAHAHAHAHAHAHAHAHAHAHA
AHAHAHAHAHAHAHAHAHAHAHAHAHAHAHAHAHAHAHAHAHAHAHAHAHAHAHAHAHAHAH
HAHAHAHAHAHAHAHAHAHAHAHAHAHAHAHAHAHAHAHAHAHAHAHAHAHAHAHAHAHAHA
AHAHAHAHAHAHAHAHAHAHAHAHAHAHAHAHAHAHAHAHAHAHAHAHAHAHAHAHAHAHAH
HAHAHAHAHAHAHAHAHAHAHAHAHAHAHAHAHAHAHAHAHAHAHAHAHAHAHAHAHAHAHA
AHAHAHAHAHAHAHAHAHAHAHAHAHAHAHAHAHAHAHAHAHAHAHAHAHAHAHAHAHAHAH
HAHAHAHAHAHAHAHAHAHAHAHAHAHAHAHAHAHAHAHAHAHAHAHAHAHAHAHAHAHAHA
AHAHAHAHAHAHAHAHAHAHAHAHAHAHAHAHAHAHAHAHAHAHAHAHAHAHAHAHAHAHAH
HAHAHAHAHAHAHAHAHAHAHAHAHAHAHAHAHAHAHAHAHAHAHAHAHAHAHAHAHAHAHA
AHAHAHAHAHAHAHAHAHAHAHAHAHAHAHAHAHAHAHAHAHAHAHAHAHAHAHAHAHAHAH
HAHAHAHAHAHAHAHAHAHAHAHAHAHAHAHAHAHAHAHAHAHAHAHAHAHAHAHAHAHAHA
AHAHAHAHAHAHAHAHAHAHAHAHAHAHAHAHAHAHAHAHAHAHAHAHAHAHAHAHAHAHAH
HAHAHAHAHAHAHAHAHAHAHAHAHAHAHAHAHAHAHAHAHAHAHAHAHAHAHAHAHAHAHA
AHAHAHAHAHAHAHAHAHAHAHAHAHAHAHAHAHAHAHAHAHAHAHAHAHAHAHAHAHAHAH
HAHAHAHAHAHAHAHAHAHAHAHAHAHAHAHAHAHAHAHAHAHAHAHAHAHAHAHAHAHAHA
AHAHAHAHAHAHAHAHAHAHAHAHAHAHAHAHAHAHAHAHAHAHAHAHAHAHAHAHAHAHAH
HAHAHAHAHAHAHAHAHAHAHAHAHAHAHAHAHAHAHAHAHAHAHAHAHAHAHAHAHAHAHA

AHAHAHAHAHAHAHAHAHAHAHAHAHAHAHAHAHAHAHAHAHAHAHAHAHAHAHAHAHAHAHA
HAHAHAHAHAHAHAHAHAHAHAHAHAHAHAHAHAHAHAHAHAHAHAHAHAHAHAHAHAHAHAH
AHAHAHAHAHAHAHAHAHAHAHAHAHAHAHAHAHAHAHAHAHAHAHAHAHAHAHAHAHAHAHA
HAHAHAHAHAHAHAHAHAHAHAHAHAHAHAHAHAHAHAHAHAHAHAHAHAHAHAHAHAHAHAH
AHAHAHAHAHAHAHAHAHAHAHAHAHAHAHAHAHAHAHAHAHAHAHAHAHAHAHAHAHAHAHA
HAHAHAHAHAHAHAHAHAHAHAHAHAHAHAHAHAHAHAHAHAHAHAHAHAHAHAHAHAHAHAH
AHAHAHAHAHAHAHAHAHAHAHAHAHAHAHAHAHAHAHAHAHAHAHAHAHAHAHAHAHAHAHA
HAHAHAHAHAHAHAHAHAHAHAHAHAHAHAHAHAHAHAHAHAHAHAHAHAHAHAHAHAHAHAH
AHAHAHAHAHAHAHAHAHAHAHAHAHAHAHAHAHAHAHAHAHAHAHAHAHAHAHAHAHAHAHA
HAHAHAHAHAHAHAHAHAHAHAHAHAHAHAHAHAHAHAHAHAHAHAHAHAHAHAHAHAHAHAH
AHAHAHAHAHAHAHAHAHAHAHAHAHAHAHAHAHAHAHAHAHAHAHAHAHAHAHAHAHAHAHA
HAHAHAHAHAHAHAHAHAHAHAHAHAHAHAHAHAHAHAHAHAHAHAHAHAHAHAHAHAHAHAH
AHAHAHAHAHAHAHAHAHAHAHAHAHAHAHAHAHAHAHAHAHAHAHAHAHAHAHAHAHAHAHA
HAHAHAHAHAHAHAHAHAHAHAHAHAHAHAHAHAHAHAHAHAHAHAHAHAHAHAHAHAHAHAH
AHAHAHAHAHAHAHAHAHAHAHAHAHAHAHAHAHAHAHAHAHAHAHAHAHAHAHAHAHAHAHA
HAHAHAHAHAHAHAHAHAHAHAHAHAHAHAHAHAHAHAHAHAHAHAHAHAHAHAHAHAHAHAH
AHAHAHAHAHAHAHAHAHAHAHAHAHAHAHAHAHAHAHAHAHAHAHAHAHAHAHAHAHAHAHA
HAHAHAHAHAHAHAHAHAHAHAHAHAHAHAHAHAHAHAHAHAHAHAHAHAHAHAHAHAHAHAH
AHAHAHAHAHAHAHAHAHAHAHAHAHAHAHAHAHAHAHAHAHAHAHAHAHAHAHAHAHAHAHA
HAHAHAHAHAHAHAHAHAHAHAHAHAHAHAHAHAHAHAHAHAHAHAHAHAHAHAHAHAHAHAH
AHAHAHAHAHAHAHAHAHAHAHAHAHAHAHAHAHAHAHAHAHAHAHAHAHAHAHAHAHAHAHA
HAHAHAHAHAHAHAHAHAHAHAHAHAHAHAHAHAHAHAHAHAHAHAHAHAHAHAHAHAHAHAH
AHAHAHAHAHAHAHAHAHAHAHAHAHAHAHAHAHAHAHAHAHAHAHAHAHAHAHAHAHAHAHA
HAHAHAHAHAHAHAHAHAHAHAHAHAHAHAHAHAHAHAHAHAHAHAHAHAHAHAHAHAHAHAH
AHAHAHAHAHAHAHAHAHAHAHAHAHAHAHAHAHAHAHAHAHAHAHAHAHAHAHAHAHAHAHA
HAHAHAHAHAHAHAHAHAHAHAHAHAHAHAHAHAHAHAHAHAHAHAHAHAHAHAHAHAHAHAH
AHAHAHAHAHAHAHAHAHAHAHAHAHAHAHAHAHAHAHAHAHAHAHAHAHAHAHAHAHAHAHA
HAHAHAHAHAHAHAHAHAHAHAHAHAHAHAHAHAHAHAHAHAHAHAHAHAHAHAHAHAHAHAH
AHAHAHAHAHAHAHAHAHAHAHAHAHAHAHAHAHAHAHAHAHAHAHAHAHAHAHAHAHAHAHA

HAHAHAHAHAHAHAHAHAHAHAHAHAHAHAHAHAHAHAHAHAHAHAHAHAHAHAHAHAHAHAHAHAHA
HAHAHAHAHAHAHAHAHAHAHAHAHAHAHAHAHAHAHAHAHAHAHAHAHAHAHAHAHAHAHAHAHAHA
HAHAHAHAHAHAHAHAHAHAHAHAHAHAHAHAHAHAHAHAHAHAHAHAHAHAHAHAHAHAHAHAHAHA
HAHAHAHAHAHAHAHAHAHAHAHAHAHAHAHAHAHAHAHAHAHAHAHAHAHAHAHAHAHAHAHAHAHA
HAHAHAHAHAHAHAHAHAHAHAHAHAHAHAHAHAHAHAHAHAHAHAHAHAHAHAHAHAHAHAHAHAHA
HAHAHAHAHAHAHAHAHAHAHAHAHAHAHAHAHAHAHAHAHAHAHAHAHAHAHAHAHAHAHAHAHAHA
HAHAHAHAHAHAHAHAHAHAHAHAHAHAHAHAHAHAHAHAHAHAHAHAHAHAHAHAHAHAHAHAHAHA
HAHAHAHAHAHAHAHAHAHAHAHAHAHAHAHAHAHAHAHAHAHAHAHAHAHAHAHAHAHAHAHAHAHA
HAHAHAHAHAHAHAHAHAHAHAHAHAHAHAHAHAHAHAHAHAHAHAHAHAHAHAHAHAHAHAHAHAHA
HAHAHAHAHAHAHAHAHAHAHAHAHAHAHAHAHAHAHAHAHAHAHAHAHAHAHAHAHAHAHAHAHAHA
HAHAHAHAHAHAHAHAHAHAHAHAHAHAHAHAHAHAHAHAHAHAHAHAHAHAHAHAHAHAHAHAHAHA
HAHAHAHAHAHAHAHAHAHAHAHAHAHAHAHAHAHAHAHAHAHAHAHAHAHAHAHAHAHAHAHAHAHA
HAHAHAHAHAHAHAHAHAHAHAHAHAHAHAHAHAHAHAHAHAHAHAHAHAHAHAHAHAHAHAHAHAHA
HAHAHAHAHAHAHAHAHAHAHAHAHAHAHAHAHAHAHAHAHAHAHAHAHAHAHAHAHAHAHAHAHAHA
HAHAHAHAHAHAHAHAHAHAHAHAHAHAHAHAHAHAHAHAHAHAHAHAHAHAHAHAHAHAHAHAHAHA
HAHAHAHAHAHAHAHAHAHAHAHAHAHAHAHAHAHAHAHAHAHAHAHAHAHAHAHAHAHAHAHAHAHA
HAHAHAHAHAHAHAHAHAHAHAHAHAHAHAHAHAHAHAHAHAHAHAHAHAHAHAHAHAHAHAHAHAHA
HAHAHAHAHAHAHAHAHAHAHAHAHAHAHAHAHAHAHAHAHAHAHAHAHAHAHAHAHAHAHAHAHAHA
HAHAHAHAHAHAHAHAHAHAHAHAHAHAHAHAHAHAHAHAHAHAHAHAHAHAHAHAHAHAHAHAHAHA
HAHAHAHAHAHAHAHAHAHAHAHAHAHAHAHAHAHAHAHAHAHAHAHAHAHAHAHAHAHAHAHAHAHA
HAHAHAHAHAHAHAHAHAHAHAHAHAHAHAHAHAHAHAHAHAHAHAHAHAHAHAHAHAHAHAHAHAHA
HAHAHAHAHAHAHAHAHAHAHAHAHAHAHAHAHAHAHAHAHAHAHAHAHAHAHAHAHAHAHAHAHAHA
HAHAHAHAHAHAHAHAHAHAHAHAHAHAHAHAHAHAHAHAHAHAHAHAHAHAHAHAHAHAHAHAHAHA
HAHAHAHAHAHAHAHAHAHAHAHAHAHAHAHAHAHAHAHAHAHAHAHAHAHAHAHAHAHAHAHAHAHA
HAHAHAHAHAHAHAHAHAHAHAHAHAHAHAHAHAHAHAHAHAHAHAHAHAHAHAHAHAHAHAHAHAHA
HAHAHAHAHAHAHAHAHAHAHAHAHAHAHAHAHAHAHAHAHAHAHAHAHAHAHAHAHAHAHAHAHAHA
HAHAHAHAHAHAHAHAHAHAHAHAHAHAHAHAHAHAHAHAHAHAHAHAHAHAHAHAHAHAHAHAHAHA
HAHAHAHAHAHAHAHAHAHAHAHAHAHAHAHAHAHAHAHAHAHAHAHAHAHAHAHAHAHAHAHAHAHA
HAHAHAHAHAHAHAHAHAHAHAHAHAHAHAHAHAHAHAHAHAHAHAHAHAHAHAHAHAHAHAHAHAHA
HAHAHAHAHAHAHAHAHAHAHAHAHAHAHAHAHAHAHAHAHAHAHAHAHAHAHAHAHAHAHAHAHAHA
HAHAHAHAHAHAHAHAHAHAHAHAHAHAHAHAHAHAHAHAHAHAHAHAHAHAHAHAHAHAHAHAHAHA
HAHAHAHAHAHAHAHAHAHAHAHAHAHAHAHAHAHAHAHAHAHAHAHAHAHAHAHAHAHAHAHAHAHA

AHAHAHAHAHAHAHAHAHAHAHAHAHAHAHAHAHAHAHAHAHAHAHAHAHAHAHAHAHAHAHAHAH
HAHAHAHAHAHAHAHAHAHAHAHAHAHAHAHAHAHAHAHAHAHAHAHAHAHAHAHAHAHAHAHAHA
AHAHAHAHAHAHAHAHAHAHAHAHAHAHAHAHAHAHAHAHAHAHAHAHAHAHAHAHAHAHAHAHAH
HAHAHAHAHAHAHAHAHAHAHAHAHAHAHAHAHAHAHAHAHAHAHAHAHAHAHAHAHAHAHAHAHA
AHAHAHAHAHAHAHAHAHAHAHAHAHAHAHAHAHAHAHAHAHAHAHAHAHAHAHAHAHAHAHAHAH
HAHAHAHAHAHAHAHAHAHAHAHAHAHAHAHAHAHAHAHAHAHAHAHAHAHAHAHAHAHAHAHAHA
AHAHAHAHAHAHAHAHAHAHAHAHAHAHAHAHAHAHAHAHAHAHAHAHAHAHAHAHAHAHAHAHAH
HAHAHAHAHAHAHAHAHAHAHAHAHAHAHAHAHAHAHAHAHAHAHAHAHAHAHAHAHAHAHAHAHA
AHAHAHAHAHAHAHAHAHAHAHAHAHAHAHAHAHAHAHAHAHAHAHAHAHAHAHAHAHAHAHAHAH
HAHAHAHAHAHAHAHAHAHAHAHAHAHAHAHAHAHAHAHAHAHAHAHAHAHAHAHAHAHAHAHAHA
AHAHAHAHAHAHAHAHAHAHAHAHAHAHAHAHAHAHAHAHAHAHAHAHAHAHAHAHAHAHAHAHAH
HAHAHAHAHAHAHAHAHAHAHAHAHAHAHAHAHAHAHAHAHAHAHAHAHAHAHAHAHAHAHAHAHA
AHAHAHAHAHAHAHAHAHAHAHAHAHAHAHAHAHAHAHAHAHAHAHAHAHAHAHAHAHAHAHAHAH
HAHAHAHAHAHAHAHAHAHAHAHAHAHAHAHAHAHAHAHAHAHAHAHAHAHAHAHAHAHAHAHAHA
AHAHAHAHAHAHAHAHAHAHAHAHAHAHAHAHAHAHAHAHAHAHAHAHAHAHAHAHAHAHAHAHAH
HAHAHAHAHAHAHAHAHAHAHAHAHAHAHAHAHAHAHAHAHAHAHAHAHAHAHAHAHAHAHAHAHA
AHAHAHAHAHAHAHAHAHAHAHAHAHAHAHAHAHAHAHAHAHAHAHAHAHAHAHAHAHAHAHAHAH
HAHAHAHAHAHAHAHAHAHAHAHAHAHAHAHAHAHAHAHAHAHAHAHAHAHAHAHAHAHAHAHAHA
AHAHAHAHAHAHAHAHAHAHAHAHAHAHAHAHAHAHAHAHAHAHAHAHAHAHAHAHAHAHAHAHAH
HAHAHAHAHAHAHAHAHAHAHAHAHAHAHAHAHAHAHAHAHAHAHAHAHAHAHAHAHAHAHAHAHA
AHAHAHAHAHAHAHAHAHAHAHAHAHAHAHAHAHAHAHAHAHAHAHAHAHAHAHAHAHAHAHAHAH
HAHAHAHAHAHAHAHAHAHAHAHAHAHAHAHAHAHAHAHAHAHAHAHAHAHAHAHAHAHAHAHAHA
AHAHAHAHAHAHAHAHAHAHAHAHAHAHAHAHAHAHAHAHAHAHAHAHAHAHAHAHAHAHAHAHAH
HAHAHAHAHAHAHAHAHAHAHAHAHAHAHAHAHAHAHAHAHAHAHAHAHAHAHAHAHAHAHAHAHA
AHAHAHAHAHAHAHAHAHAHAHAHAHAHAHAHAHAHAHAHAHAHAHAHAHAHAHAHAHAHAHAHAH
HAHAHAHAHAHAHAHAHAHAHAHAHAHAHAHAHAHAHAHAHAHAHAHAHAHAHAHAHAHAHAHAHA
AHAHAHAHAHAHAHAHAHAHAHAHAHAHAHAHAHAHAHAHAHAHAHAHAHAHAHAHAHAHAHAHAH
HAHAHAHAHAHAHAHAHAHAHAHAHAHAHAHAHAHAHAHAHAHAHAHAHAHAHAHAHAHAHAHAHA

ORA ORA ORA

Aqui estamos, *finalmente*!
Esperei uma *eternidade* para encontrar você e sei que você esperou quase o mesmo tempo para me encontrar!
Aproveite um pouco este momento, meu chapa – este momento de ansiedade! Você sempre suspeitou que este dia chegaria, e ele finalmente chegou! A sua vida para sempre estará dividida em duas metades: *antes* e *depois* de me encontrar.

Bem-vindo ao depois.

É provável que esteja se perguntando: "Bill, você é um ser todo-poderoso. Por que escrever um livro? Por que me deixar ler? *Além disso*, você não morreu? Você está morto ou não? Qual é a sua?".

Não faço ideia do que você está falando...

Estou

perfeitamente

bem

Na verdade, estou melhor do que bem, porque agora tenho você! E há muitas coisas que podemos fazer juntos! Ah, você pode achar tudo isso meio bobo. "Encontrar" um personagem fictício. Afinal, "Bill Cipher" é imaginário. Você é real, mas eu não sou, certo?

MAS VOCÊ TEM MESMO CERTEZA DISSO?

Afinal de contas, você é mortal. Um dia, você será apenas pó. Mas eu sou uma ideia. E uma ideia não pode ser morta. Então isso significa 1 a 0 para mim no campo da imortalidade. E, se eu sou mesmo o real e você é o de mentira, ENTÃO É MELHOR SER ESPERTO E ENTRAR PARA O TIME QUE ESTÁ GANHANDO, SACOU?

Sei que o tonto do Seis Dedos alertou você a não ler este livro, não é mesmo? Talvez o velho nerd tenha razão! Mentes fracas enlouqueceram só de olhar UMA vez para meus TENTADORES SEGREDOS PROIBIDOS! (É só ver a cratera vazia onde o cérebro do McGucket costumava estar!)

Mas se você é esperto como eu acho que é... e se está curioso sobre o sentido da vida, como enganar a morte, os sonhos mais constrangedores do Pinheiro e o seu próprio futuro interessante, então posso considerar fazer um acordo com você. Que tal uma troca? Deixarei você ler o meu livro em troca de um favor no futuro. Podemos decidir os detalhes depois. O que você me diz?

ACEITAR O ACORDO DO BILL?

VIRE A PÁGINA

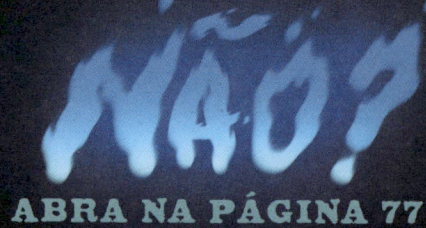
ABRA NA PÁGINA 77

O suspense está me matando!

> Você escolheu certo, saco de ossos!
> **BEM-VINDO** ao *Livro do...*

...pher Press

Escrito por Bill Cipher

Copyright © 2024 por Editora do Bill Cipher.
Todos os direitos e esquerdos reservados.

Editor:
Bill Cipher

Designer:
Bill Cipher

Ilustrador:
Bill Cipher

> Não, não! ISSO não está BOM!

Publicado por Bill Cipher Press, uma editora da Bill Cipher Books. Nenhuma parte deste livro, sem autorização prévia por escrito da editora, poderá ser reproduzida ou transmitida, sejam quais forem os meios empregados: eletrônicos, ~~os~~, fotográficos, gravação ou quaisquer outros. A não ser que você mesmo seja malvado, quem se importa? É só um livro. Divirta-se com ele. Sinta-se à vontade, nós vamos morrer mesmo! Siga em frente, copie este livro. E...

Para mais informações, entre em contato com Bill Cipher...
Billifornia, CEP: 9120BILI

Impresso por Cérebro...

Primeira edição.
ISBN: 618-618-6...4-9-1

> Você acha mesmo que esta é uma capa decente? Por acaso você pediu pro seu sobrinho desenhar? Até eu faço **melhor** do que isso!

INICIATIVA FLORESTAL DE SUSTENTABILLIDADE
GRAVETOS CERTIFICADOS

Para mais diversão da editora do Bill Cipher, visite thisisnotawebsitedotcom.com.
Se você comprou este livro sem a capa, tenha ciência de que se trata de um produto roubado. Legal! Roubar é legal! Leis são inventadas! Para outras grandes ideias, misture todos os líquidos que estão no armário do seu banheiro em uma grande jarra. Saúde! Nossos advogados não concordam com os conselhos contidos neste parágrafo. Por favor, feche os olhos enquanto o lê.

O LIVRO DO BILL

ESCRITO POR BILL
PUBLICADO POR BILL
LAMBIDO POR BILL

FORNECIDO POR BILL

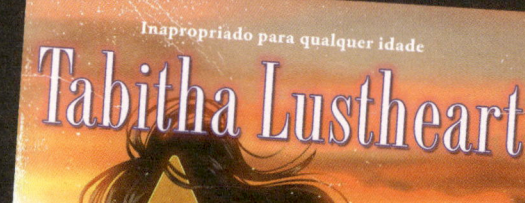

O Liiivrodo BIl

Pronto! PERFEITO! Todo mundo ADOROU!

Transformação Livre
Escala
Rotação
Distorcer
Tortura física
Tortura mental

Remover Intestinos
Esfaquear Verticalmente
Esfaquear Horizontalmente
Cortar em Pedacinhos
Jogar no Saco de Lixo
Lavar as Mãos

Jogar Saco de Lixo no Rio

O Rio é Silencioso
O Rio Guarda Seus Segredos
Ninguém Vai Saber

Rotacionar 180
Rotacionar 18000
Rotacionar até Reverter o Tempo

Fazer uma Cambalhota!
Êêêêê!

PRESSIONE O POLEGAR AQUI

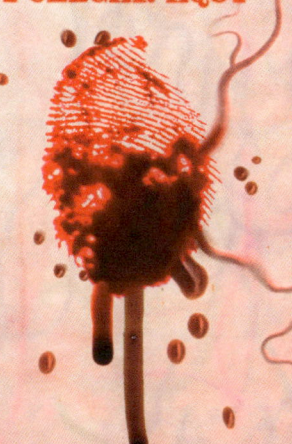

Agora que isso está resolvido, tudo o que este livro precisa é de um pouco de tinta! Ei, posso pegar emprestado um pouco do seu sangue? É só pressionar seu polegar aqui e vou absorver um pouco direto na página! Você nem vai perceber nada. AÍ ESTÁ! AHH, como é bom!

O SEU NOVO LIVRO

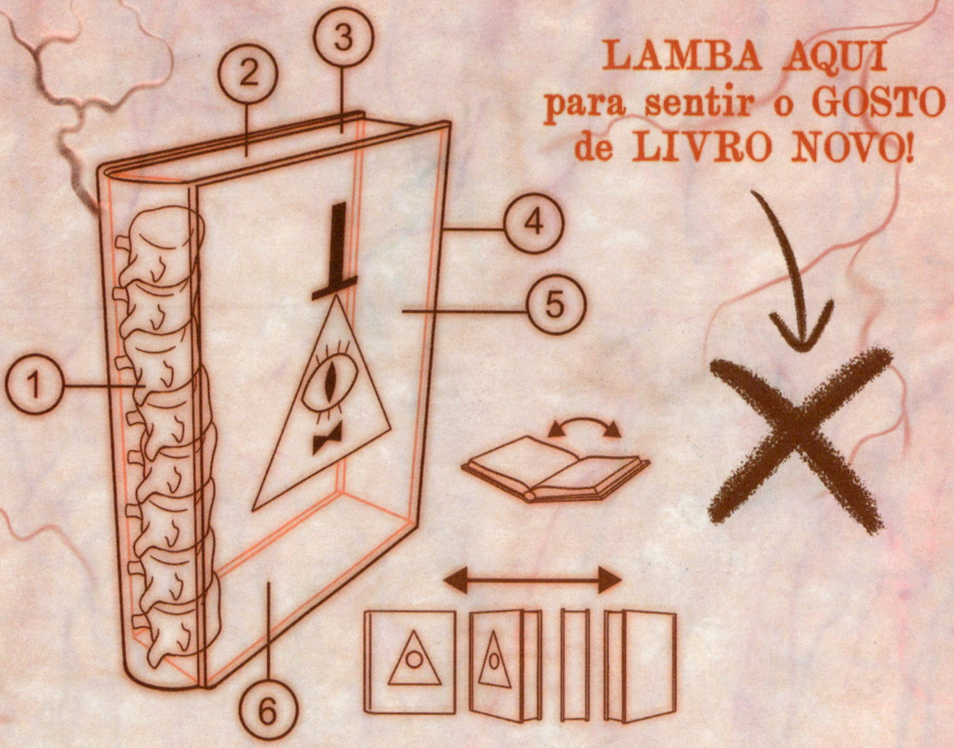

LAMBA AQUI para sentir o GOSTO de LIVRO NOVO!

Parabéns pelo seu novo livro, *O livro do Bill*, que será o seu guia da vida para sempre! Se você está começando a pensar duas vezes antes de ler, tarde demais! Não tem como se livrar deste livro! Vá em frente, jogue fora. Você vai acordar com ele debaixo do seu travesseiro! ELE VAI SEGUIR VOCÊ ATÉ O TÚMULO.

ESTE LIVRO CONTÉM:

1. Uma coluna vertebral humana de verdade! De quem será que roubaram isso?
2. "Papel" feito com um purê de massa cerebral humana. Eu posso invadir qualquer coisa com neurônios, então posso projetar aqui o que eu quiser!
3. Mil cortes de papel grátis, sorteados para mil leitores aleatórios! Confira seus dedos, você pode já ter sido contemplado!
4. Um capítulo secreto inteiro que você provavelmente não vai achar.
5. Uma alma. Se você queimar este livro, ele VAI gritar!
6. ABELHAS!

Marque esta caixa para continuar:

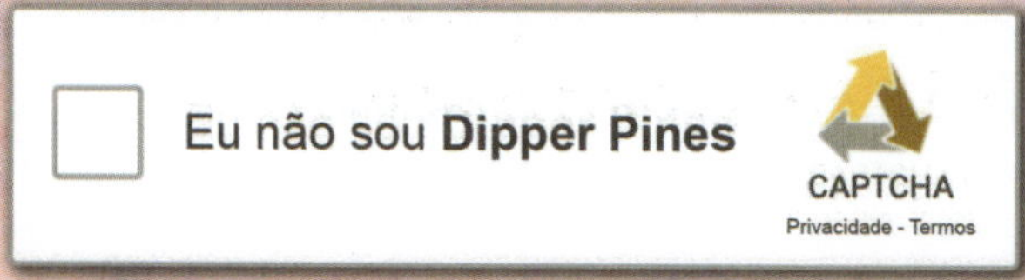

☐ Eu não sou **Dipper Pines**

CAPTCHA
Privacidade - Termos

SUMÁRIO

Oferecido por: seu próprio sangue!

SOBRE MIM
UMA ENTREVISTA
MEUS PODERES
UM TESTE DE MERECIMENTO

O GUIA DO BILL PARA TUDO
OS SEGREDOS DO UNIVERSO
HUMANOS
AMOR
DÉJÀ-VU
MORTE
MORALIDADE
DIMENSÕES PARALELAS
LENDAS URBANAS
DÉJÀ-VU
CANUDINHOS MALUCOS
CÓDIGOS
????
SONHOS
O SENTIDO DA VIDA
DÉJÀ-VU

MINHA HISTÓRIA
ORIGEM
OS DIAS DE GLÓRIA
UM PEQUENO PROBLEMA
OLÁ, TERRA!
BEM-VINDO A GRAVITY FALLS
HISTÓRIA ANTIGA
HISTÓRIA MODERNA

SEIS DEDOS
MEU NOVO FANTOCHE
AS PÁGINAS PERDIDAS DO DIÁRIO

O GRANDE PLANO
COMO CONQUISTAR O MUNDO

Fique à vontade! Coma um dente!

Dentes

SOBRE MIM

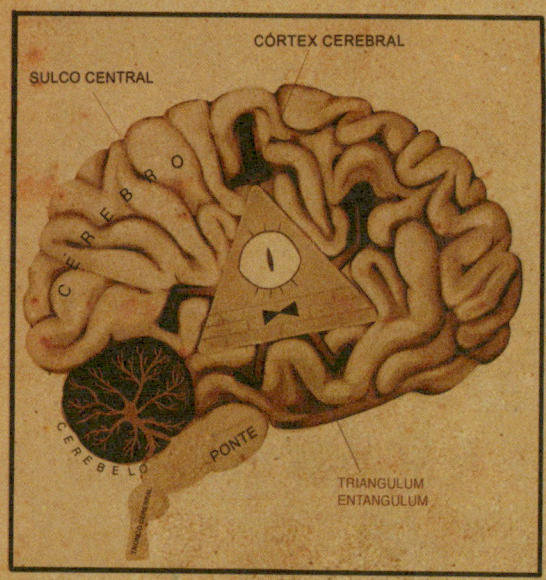

BILL
/ (bil) /
Substantivo
1) O triângulo mais importante da História; o seu novo melhor amigo, conselheiro da vida, conselheiro da morte, soberano, consultor de estilo, mentor, paciente mental, mente-mestre e mestre das mentes.
2) O autor, diretor, astro e produtor executivo por trás dos seus pesadelos favoritos!
3) L ZXOX NRB BPZOBSB LP ZLAFDLP

Então você quer me conhecer?

Bom, pessoal, eu sou apenas um malandro! Um camarada esperto! Um cara engraçado! Mas não importa o quanto eu tente deixar minhas intenções à mostra, todos sempre acham que sou "malvado" ou "sociopata", ou que estou "estragando o velório ao assobiar sempre que alguém menciona o falecido".

Mas não sou um cara ruim! Acontece que eu opero na minha própria frequência. Cósmica e moralmente! Tentei vestir esta camiseta para explicar. →

Pense em mim como aquele seu amigo que é imortal. Uma ideia ruim, mas muito divertida. O cara mexendo os pauzinhos por trás do véu enigmático da percepção. E eu tenho até uma gravatinha!

Já tive muitos nomes. Os censores das emissoras de TV me chamam de "um processo judicial pronto para acontecer". Os terapeutas me chamam de "um sinal de que a medicação não está funcionando". Os serial killers dizem que sou "sinceramente, um cara bem pé no chão". Sempre que existe uma mão para apertar e um acordo para fazer, meu amigo, eu estou lá!

MEU CARTÃO

BILL CIPHER, DEMÔNIO DOS SONHOS. PARA ENTRAR EM CONTATO, GRITE.

Olha, eu entendo...
Provavelmente você está sedento para saber dos detalhes nunca antes revelados da minha vida, certo? Bom, não dou entrevista há um bilhão de anos, mas **só** para você vou procurar a única fonte imparcial de notícias de todo o multiverso:

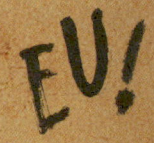

EU!

Bill Conta Tudo

Ele esteve na sua mente... mas o que existe na dele?

O convidado de hoje já fez de tudo – aterrorizou crianças de doze anos, roubou um Grammy, possuiu um papa e até escreveu o próprio livro de culinária! (Chega de crise existencial, agora é hora de pão substancial!) Eu me sentei para conversar sobre fama, moda e piramedos com o cara que também sou eu e também é toda minha plateia!

BILL: Façam um barulho medonho para recebermos BILL! CIPHER!
(a plateia de Bill Cipher aplaude e grita)

BILL: Obrigado, obrigado, é muito bom ver você!

BILL: É muito bom SER você!

BILL: O prazer é todo nosso!

BILL: Então, eu não seria um bom entrevistador se não começasse com a pergunta que todo mundo quer fazer. Vamos direto ao assunto. VOCÊ. ESTÁ. MORTO?

NÃO!

BILL: Não dá para ser mais óbvio do que isso! Então, vamos para as FOFOCAS!

VOCÊ SE ARREPENDE DE TER CAUSADO O APOCALIPSE?

Olha, já falei disso no meu vídeo de desculpas, certo? JÁ PASSOU!

É VERDADE QUE VOCÊ JÁ NAMOROU UM VÁCUO UIVANTE?

Uau, quantas vezes vou ter que ouvir isso? Só porque tomei um café com um vácuo uivante UMA VEZ não significa que estamos namorando! O que aconteceu com a privacidade, hein? Próxima pergunta!

OUVI DIZER QUE VOCÊ NÃO SABE USAR CALÇAS. ISSO É VERDADE?

Até parece! A foto abaixo desmente esse rumor inverídico!

QUENTE

COMO VOCÊ RESPONDE À AFIRMAÇÃO DE QUE VOCÊ É APENAS UM ADOLESCENTE?

Isso é ridículo. Tenho um trilhão e doze anos de idade. Sou um pré-adolescente!

QUER APROVEITAR E DIVULGAR ALGUMA COISA?

Sim! Escovar os dentes e lavar o cabelo com cimento é legal!

É VERDADE QUE VOCÊ É O PAI BIOLÓGICO DO PHINEAS, DE *PHINEAS E FERB*?

Esta entrevista acabou!

EU VEJO TUDO

Chegou a hora de contar sobre meus TERRÍVEIS PODERES! Como uma batata que cresceu muito perto de Chernobyl, tenho olhos em todo lugar. Qualquer símbolo meu que você desenhe, rabisque, pinte com spray, raspe ou queime no mundo humano cria um BURACO DIRETO para a minha dimensão! Quanto mais eu vejo, mais cresce o meu poder. Quanto mais cresce o meu poder, mais diversão poderemos ter quando você e eu finalmente nos encontrarmos! Quer ajudar? Faça um desenho meu em um local onde ninguém esperaria me encontrar! (Só me deixe fora do seu chuveiro, seu maluco!)

MEUS PODERES

Sinceramente, pode ser mais rápido listar as coisas que NÃO consigo fazer! Já devorei deuses, seduzi galáxias e bebi medo. (Tem gosto do cardápio de uma doceria inteira, só que batida no liquidificador.) Aqui vão alguns dos meus poderes favoritos, pensando assim por alto!

LEITURA DE MENTES: você acha que está lendo este livro? Este livro é que está lendo você!

POSSESSÃO: seja lá o que for, se tem neurônios, então posso transformar no meu fantoche. Quer ver meu próximo fantoche? Olhe no espelho, camarada!

CIPHERVIDÊNCIA: não tem como ver "o futuro", porque ele está em constante mudança sempre que duas partículas trombam uma com a outra. Mas POSSO ver uma fantasmagoria caleidoscópica quântica de infinitas possibilidades futuras através de um espectro de probabilidade! Então, consigo dizer qual das suas futuras realidades é a mais provável... por um preço. (Não se preocupe, você só morre engasgado com um botão de camisa em treze mil dessas realidades.)

CARISMA: o carisma é uma música que é impossível não cantar. Ou você tem, ou não tem! Mas, se não tiver, não se preocupe! Você ainda pode cantar junto!

PIROCINESIA: "Cipher, Cipher, ele é maluco/Botando fogo com a mente em tudo". As crianças no maternal eram capazes de ser bem cruéis. Mas onde elas estão agora, hein? ONDE ELAS ESTÃO AGORA?

LOOK INCRÍVEL USANDO TRAJE FORMAL: outros seres etéreos apenas SONHAM em parecer tão bem usando meu estilo! Você já viu o Cthulhu tentando usar gravata-borboleta? O cara parece uma PIADA!

PERFEIÇÃO GEOMÉTRICA: meus três ângulos internos sempre somam 180 graus. Pare de olhar para a minha hipotenusa, seu safado!

MINHAS FRAQUEZAS

Olha, ninguém é perfeito. (Com exceção do Perfecticus Prime da Nebulosa Perfeição, mas todo mundo odeia aquele #%#@# daquele cara.) Posso ter alguns defeitinhos, mas não conte para ninguém, camarada!

MÚSICA DE SINTETIZADOR:
se eu tivesse ouvidos, arrancaria da cabeça quando ouvisse isso.

PAPEL-ALUMÍNIO:
sim, usar papel-alumínio na cabeça VAI me impedir de ler os seus pensamentos. O Seis Dedos exagerou um pouco colocando papel-alumínio *dentro* da cabeça. Aquele cara adora ser dramático!

APAGADOR DE MEMÓRIA DO McGUCKET:
se você encontrar um desses, DESTRUA. DESTRUA E EU LHE

SEM FORMA FÍSICA:
Nada consegue me
Blá-blá. O q
Então nã

DESEST

ESPERA AÍ!!

Você achou mesmo que eu daria instruções passo a passo de como me derrotar? A gente até que estava se dando bem, e você tenta me apunhalar pelas costas? Quer saber? Só porque você tentou bisbilhotar aqui, VOU CANCELAR O LIVRO! Isso mesmo, você me obrigou a isso! Daqui em diante, você vai ler *O grande Gatsby*. ACABOU *O livro do Bill*.

Agora é só GATSBY, SEU MANÉ!

CAPÍTULO 2

Na metade do caminho entre West Egg e Nova York, a rodovia se junta precariamente com a ferrovia e corre ao seu lado por quatrocentos metros, a fim de fugir de uma certa região isolada. É um vale das cinzas — uma fantástica fazenda onde montes de carvão crescem como trigo em sulcos e colinas e jardins grotescos; onde o carvão toma a forma de casas e chaminés e fumaça subindo, e, finalmente, com um esforço transcendental, de homens cinzentos, que se movem vagamente, já se despedaçando no meio do ar empoeirado. Ocasionalmente, um fila de vagões cinzentos se arrasta ao longo de uma pista invisível, solta um rangido sinistro até parar e, de imediato, os homens cinzentos se aglomeram ao redor com pás de chumbo e levantam uma nuvem impenetrável, que esconde suas operações obscuras da vista de qualquer um.

Mas, acima da terra cinzenta e dos espasmos da poeira melancólica que paira eternamente sobre ela, você avista, depois de um momento, os olhos do doutor T. J. Eckleburg. Os olhos do doutor T. J. Eckleburg são azuis e gigantescos — as retinas têm quase um metro de altura. Elas não olham a partir de um rosto, mas de um par de enormes óculos amarelos que se apoia em um nariz inexistente. É evidente, algum maluco oculista os colocou ali para fazer propaganda de sua lojinha no Queens e depois mergulhou ele mesmo em eterna cegueira ou deixou os óculos pra lá e se mudou dali. Mas seus olhos, já um pouco opacos pelos muitos dias sem um retoque de tinta, sob o sol e a chuva, olhavam solenes sobre o depósito de carvão.

O vale das cinzas é cercado de um lado por um pequeno rio fedorento, e, quando a ponte levadiça se ergue para deixar passar as barcaças, os passageiros esperando nos trens podem observar a cena sinistra por até meia hora. Ali, sempre há um atraso de pelo menos um minuto, e foi por causa disso que encontrei a amante de Tom Buchanan pela primeira vez.

O fato de ele ter uma amante era algo que se insistia onde quer que ele fosse conhecido. Seus amigos se ressentiam de ele aparecer em cafés populares com ela e, deixando-a na mesa, borboleteava pelo lugar papeando com quem quer que conhecesse.

Embora eu estivesse curioso para vê-la, eu não tinha desejo algum de encontrá-la — mas encontrei. Fui de trem para Nova York com Tom em uma certa tarde e, quando paramos ao lado da carvoaria, ele se levantou de repente e, agarrando meu cotovelo, literalmente me forçou a sair do vagão.

— Vamos descer — insistiu ele. — Quero que conheça uma garota.

Acho que ele tinha virado umas no almoço, e sua determinação em ter minha companhia foi quase uma violência. Sua premissa arrogante era de que eu não tinha nada melhor para fazer em um domingo à tarde.

Eu o segui por baixo de uma cerca esbranquiçada da ferrovia, e nós voltamos uns cem metros ao longo da estrada sob o persistente olhar do doutor Eckleburg. O único prédio à vista era um pequeno bloco de tijolos amarelos na margem da estrada perdida, um comerciozinho à la Rua Principal e contíguo a absolutamente nada. Uma das três lojas estava para alugar e a outra era um restaurante vinte e quatro horas, cuja entrada exibia um rastro cinzento; a terceira era uma garagem — Reparos. George B. Wilson. Compra e venda de carros —, e segui Tom para dentro.

O interior não era nada próspero e muito vazio; o único carro visível era a sucata de um Ford coberto de poeira debaixo de um canto mal iluminado. Ocorreu-me que aquele vestígio de garagem poderia ser uma distração e que suntuosos e românticos apartamentos estavam escondidos acima, quando o próprio dono do lugar apareceu na porta do escritório, limpando as mãos em um pedaço de estopa. Era um homem loiro sem humor algum, anêmico e levemente bonito. Quando nos viu, um pequeno brilho de esperança saltou de seus olhos azuis.

— Olá, Wilson, meu velho camarada — Tom disse, batendo jovialmente em seu ombro. — Como estão os negócios?

— Não posso reclamar — Wilson respondeu sem convencer. — Quando você vai me vender aquele carro?

— Na semana que vem; meu mecânico está trabalhando nele agora.

— Ele demora, hein?

— Não, não demora — Tom disse friamente. — E se você vai reclamar, talvez eu devesse vender em outro lugar, afinal de contas.

— Não foi isso que eu quis dizer — Wilson explicou rapidamente. — Só queria dizer que...

Sua voz sumiu, e Tom olhou sem paciência ao redor da garagem. Então, ouvi passos na escada, e logo a figura encorpada de uma mulher bloqueou a luz da porta do escritório. Ela tinha seus trinta anos e uma certa robustez, mas carregava suas carnes sensualmente como só algumas mulheres conseguem. Seu rosto, acima de um vestido de bolinhas de seda azul-escuro, não continha nenhum aspecto ou brilho de beleza, mas havia uma vitalidade perceptível à primeira vista sobre ela, como se os nervos de seu corpo estivessem sempre em brasa. Ela sorriu devagar, caminhando até o marido como se ele fosse um fantasma, apertou a mão de Tom, olhando vigorosamente em seus olhos. Então, molhou os lábios e, sem se virar, falou com o marido com uma voz rouca e suave:

— Por que você não traz algumas cadeiras para podermos nos sentar?

— Ah, claro — Wilson concordou de modo apressado, e saiu na direção do pequeno escritório, misturando-se imediatamente à cor de cimento das paredes. Uma nuvem de poeira branca cobriu seu terno escuro e seu cabelo pálido, como fazia com tudo ao redor — exceto sua esposa, que chegou mais perto de Tom.

— Quero me encontrar com você — Tom disse intensamente. — Suba no próximo trem.

— Certo.

— Vou te encontrar perto da banca de jornal no andar de baixo.

Ela assentiu e se afastou dele um pouco antes de George Wilson emergir com duas cadeiras de seu escritório.

Nós esperamos por ela na rua e fora da vista. Faltavam alguns dias para o Quatro de Julho, e uma criança italiana cinza e franzina arrumava bombinhas em uma fileira ao longo do trilho do trem.

— Que lugar terrível, não é mesmo? — Tom afirmou, trocando olhares com o doutor Eckleburg.

— Péssimo.

— É bom para ela sair um pouco.

— O marido não acha ruim?

— Wilson? Ele acha que ela vai se encontrar com a irmã em Nova York. Ele é tão burro que nem sabe que está vivo.

Então, Tom Buchanan, sua garota e eu fomos juntos para Nova York — ou não tão juntos, pois a sra. Wilson se sentou discretamente em outro vagão. Tom tinha esse mínimo de consideração aos estimados moradores de East Egg que pudessem estar no trem.

Ela tinha trocado de roupa para um vestido de musseline marrom sinuoso, que se esticou apertado sobre seus quadris bastante largos quando Tom a ajudou a descer na plataforma em Nova York. Na banca de jornais ela comprou uma edição de *Town Tattle* e uma revista sobre cinema, e na farmácia da estação, um creme hidratante e um pequeno frasco de perfume. No andar de cima, no meio do eco solene da calçada, ela deixou passar quatro táxis antes de escolher um novo, de cor lavanda com estofado cinza, e nesse táxi nós deslizamos para fora da massa de gente na estação e ganhamos as ruas ensolaradas. Mas imediatamente ela se virou rápido para longe da janela e, inclinando-se, bateu no vidro da frente.

— Quero comprar um daqueles cachorros — ela disse com sinceridade. — Quero comprar um para o apartamento. Faz bem ter um cachorro.

Voltamos até um velho homem que tinha uma semelhança absurda com John D. Rockefeller. Em uma cesta pendurada em seu pescoço havia uma dúzia de cachorrinhos de raça indeterminada.

— De que tipo eles são? — perguntou a sra. Wilson ansiosamente, quando o velho chegou perto da janela do táxi.

— De todo tipo. Que tipo você quer, minha senhora?

— Quero ter um daqueles cães policiais; será que você tem um assim?

O homem olhou com desconfiança para a cesta, enfiou a mão lá dentro e tirou um, que se debatia, puxando pela parte de trás do pescoço.

— Isso aí não é um cão policial — Tom afirmou.

— Não, não é exatamente um cão policial — explicou o homem com a voz decepcionada. — É mais um airedale. — Ele passou a mão nos pelos encaracolados e marrons das costas. — Olha para esses pelos. Que belos pelos. É um cachorro que nunca vai dar trabalho pegando uma gripe.

— Achei bonitinho — disse a sra. Wilson com entusiasmo. — Quanto é?

— Esse cachorro? — Ele lançou um olhar de admiração sobre o cachorro. — Esse cachorro custa dez dólares.

O airedale — de fato havia um airedale escondido ali em algum lugar, embora suas patas fossem suspeitamente brancas — trocou de mãos e se acomodou no colo da sra. Wilson, onde ela acariciou os pelos à prova de intempéries com entusiasmo.

— É menino ou menina? — ela perguntou delicadamente.

— Esse cachorro? Esse cachorro é um menino.

— É uma cadela — Tom disse com firmeza. — Aqui está o seu dinheiro. Vá e compre mais dez cachorros com ele.

Nós seguimos até a Quinta Avenida, calorosa e suave, quase pastoral naquela tarde dominical de verão. Eu não ficaria surpreso se visse um rebanho de ovelhas virando a esquina.

— Espera um pouco — falei —, preciso deixar vocês aqui.

— Não, não precisa — Tom protestou rapidamente. — Myrtle ficará magoada se você não vier até o apartamento. Não é mesmo, Myrtle?

— Ora, vamos — ela implorou. — Vou ligar para minha irmã Catherine. Ela foi considerada muito bonita por pessoas que conhecem o assunto.

— Bom, eu gostaria, sim, mas...

Nós continuamos naquele bate e volta enquanto passávamos pelo parque na direção da zona oeste. Na rua 158, o táxi parou em uma longa via repleta de apartamentos, tão brancos quanto uma fatia de bolo de confeitaria. Lançando um olhar régio de boas-vindas para a vizinhança, a sra. Wilson juntou seu cachorro e outras compras e foi para dentro com a.

— Vou chamar os McKee para subirem — ela anunciou enquanto subíamos no elevador. — E, claro, preciso ligar para minha irmã também.

TÁ BOM! CHEGA!

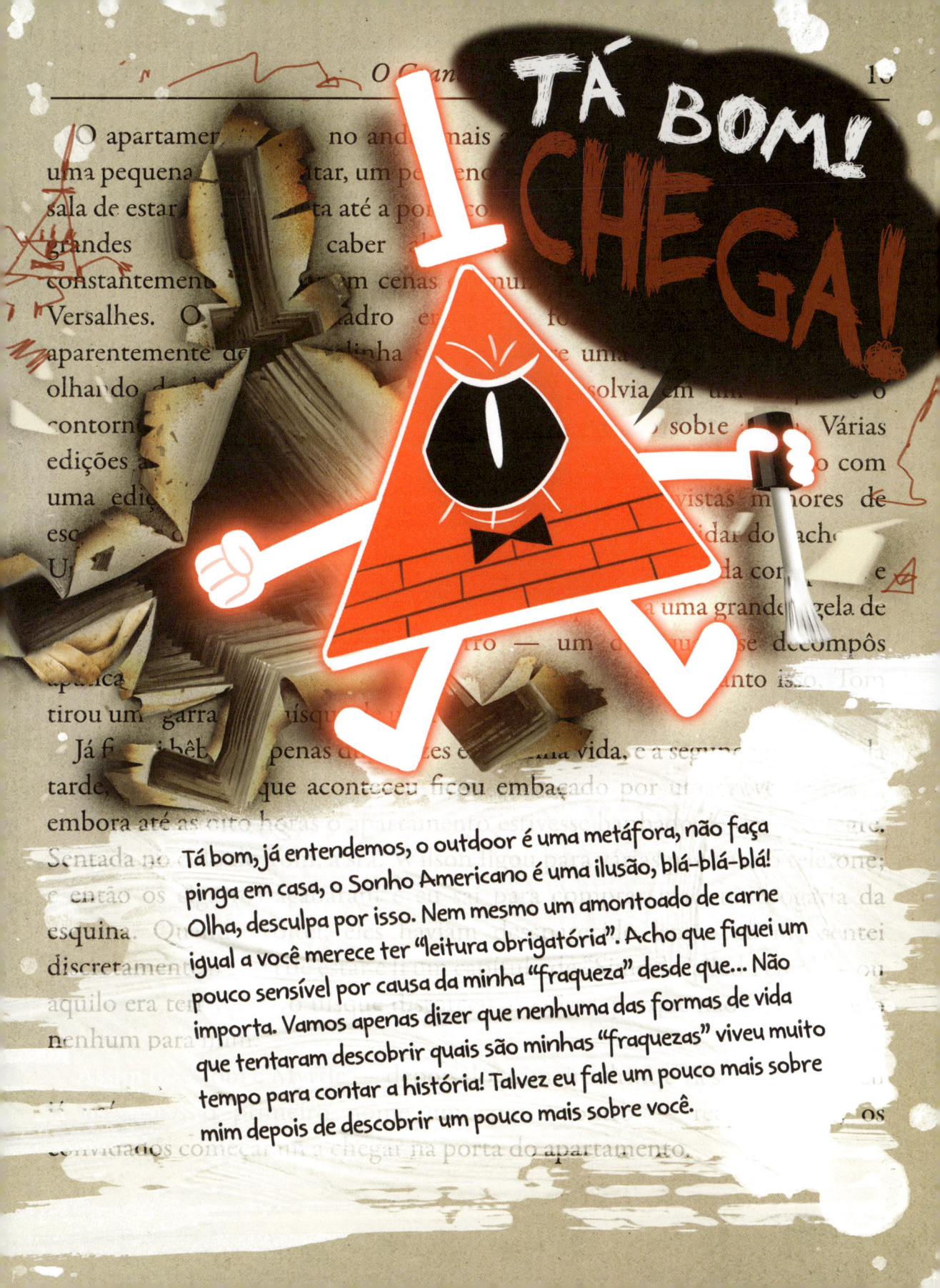

Tá bom, já entendemos, o outdoor é uma metáfora, não faça pinga em casa, o Sonho Americano é uma ilusão, blá-blá-blá! Olha, desculpa por isso. Nem mesmo um amontoado de carne igual a você merece ter "leitura obrigatória". Acho que fiquei um pouco sensível por causa da minha "fraqueza" desde que... Não importa. Vamos apenas dizer que nenhuma das formas de vida que tentaram descobrir quais são minhas "fraquezas" viveu muito tempo para contar a história! Talvez eu fale um pouco mais sobre mim depois de descobrir um pouco mais sobre você.

AQUI É O STANFORD PINES

Se você chegou nesta página, então ignorou minhas instruções e começou a ler O livro do Bill. Você não pode ouvir o longo suspiro de frustração que estou soltando agora, mas eu lhe asseguro que é devastador. SIM, estou julgando você — você está cometendo um terrível erro! Não sei que coisas ridículas o Bill está lhe falando agora, mas posso garantir que nada disso é verdade, útil ou de bom gosto. Eu mesmo dei uma olhada no livro, e ele era feito, sobretudo, de enigmas extremamente complexos — ele está tentando me atrair para resolvê-los porque sabe que minha curiosidade é meu calcanhar de Aquiles. E Bill está contando que a sua seja igual!

Se você é do tipo que ignora a razão mesmo quando ela o está encarando, então tenho certeza de que a última coisa que você deseja é ouvir o sermão de um velho que fica apontando um dos seus seis dedos para você.

É provável que você esteja desesperado e com a vida no fundo do poço. Talvez tenha perdido algo que amava muito ou está sendo consumido por alguma ambição monomaníaca. Ou talvez você apenas se sinta atraído por coisas que lhe fazem mal.

Sendo eu mesmo um cipherólico em recuperação, quero que saiba que existe outro caminho. Feche este livro agora mesmo. Siga com sua vida. Talvez comece algum hobby interessante, como catalogar o padrão das asas de diversas mariposas raras.

Prendi uma das "Mariposas Góticas" de Gravity Falls aqui. Pode ser que você goste desse tipo de coisa.

UAU!

Ou você pode continuar virando as páginas para ver que coisa absurda ele vai usar a seguir para distraí-lo. O que será? Talvez um atraente vislumbre do seu futuro? Como conversar com as árvores? Algo obviamente impossível, tipo, como fazer bombas nucleares usando patinhos?

Não vale a pena. Confie em mim. **VOCÊ PRECISA CONFIAR EM MIM.**

AH, AÍ ESTÁ VOCÊ.

Você acabou de me flagrar espiando todos os segredos do Universo!

O sentido da vida, o que todos falam de você pelas costas, como criar uma bomba atômica usando patinhos, blá-blá-blá-blá, coisas entediantes assim. E toda a minha jornada ao longo da História. Você não se interessaria.

Hein? Como é que é? Certo, percebi pelo seu olhar esbugalhado que você realmente quer saber o que tem atrás desta porta! Veja, normalmente compartilho os conhecimentos proibidos apenas com meus capangas mais chegados, mas você parece o tipo de humano que consegue guardar segredos infinitos. Tudo bem, vou pensar se deixarei você dar uma espiada... CASO CONSIGA PASSAR NO MEU TESTE. Preciso saber se a sua mente é poderosa o bastante para lidar com meus segredos mais profundos e sombrios sem que o seu cérebro escorra pelos ouvidos e manche sua camisa.

Para a sua sorte, sempre tenho comigo um desses testes-de-cérebro-poderoso, para o caso de eu me deparar com uma nova ~~vítima~~ amizade em potencial!

Aponte bem o seu lápis, amigão — está na hora de saber do que você é feito! (Além de bile e pele morta.)

OS SEGREDOS DO UNIVERSO

> Oh-ho-HO! Sério? UAU, eles NÃO deveriam publicar isso...

O ÚNICO E VERDADEIRO
TESTE DE INTELIGÊNCIA

VOCÊ TEM DEZ MINUTOS PARA COMPLETAR O TESTE.

USE APENAS LÁPIS NÚMERO 37.

- ESTE TESTE VAI DETERMINAR CATEGORICAMENTE A SUA INTELIGÊNCIA PARA O RESTO DA SUA VIDA, IRREVOGAVELMENTE, ATÉ O FIM DA ETERNIDADE. TODOS OS TESTES ANTERIORES SERÃO ANULADOS.
- SE NÃO CONSEGUIR RESPONDER A UMA QUESTÃO, VOCÊ PODE SENTIR UMA IMENSA SENSAÇÃO DE QUE ESTÁ FICANDO PARA TRÁS, QUE TODOS OS OUTROS ESTUDANTES SÃO MAIS ESPERTOS QUE VOCÊ E QUE SUA VIDA ACABOU ANTES MESMO DE COMEÇAR, QUE O UNIVERSO É FUNDAMENTALMENTE INJUSTO E CRIADO APENAS PARA O SEU SOFRIMENTO. ALIMENTE-SE DESSA SENSAÇÃO. DEIXE QUE ELA SEJA O SEU COMBUSTÍVEL. DEIXE SEU DESEJO POR VINGANÇA CRESCER E CRESCER ATÉ VOCÊ COMEÇAR A BRILHAR COM UMA FÚRIA INCANDESCENTE, QUEIMANDO COM UMA ÂNSIA POR ATOS SOMBRIOS, ENTÃO RESPIRE FUNDO, PULE PARA A PRÓXIMA QUESTÃO E VOLTE DEPOIS SE TIVER TEMPO.

I. UMA ILUSÃO TORTUOSA

Você enxerga uma mulher jovem, uma mulher velha ou um ilustrador tendo um ataque psicótico?

RESPOSTA:_____

II. O ENIGMA DO CUBO

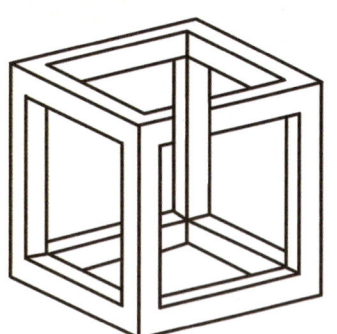

Essa imagem pode parecer um cubo normal, mas, se olhar mais de perto, perceberá que o cubo está muito, MUITO deprimido. (Ei, ele teve um ano difícil! Dá um tempo!) O que você pode dizer para o cubo a fim de convencê-lo a sair mais de casa? CUIDADO: pressão demais para sair vai deixá-lo ainda mais ansioso. Mas se você nunca o chamar para sair, ele vai pensar que você o odeia!

RESPOSTA:_____

III. Se um ninho de mafagafos tinha sete mafagafinhos, quantos mafagafos gafam se a mafagafa tiver que trabalhar até de noite porque o dinheiro não dá para alimentar todos os mafagafinhos no fim do mês? Ela tem que trabalhar em dois empregos e o dinheiro não dá, gente! O que mais ela vai fazer? Ela já tá ficando desesperada.

RESPOSTA:_____

IV.

```
A A A A A A A A A A A A A A A
A A A A A A A A A A A A A A A
A A A A A A A A A A A A A A A
A A A A A A A A A A A A A A A
A A A A A A A A A A A A A A A
A A A A A A A A A A A A A A A
A A A A A A A A A A A A A A A
A A A A A A A A A A A A A A A
A A A A A A A A A A A A A A A
A A A A A A A A A A A A A A A
A A A A A A A A A A A A A A A
A A A A A A A A A A A A A A A
A A A A A A A A A A A A A A A
A A A A A A A A A A A A A A A
A A A A A A A A A A A A A A A
A A A A A A A A A A A A A A A
A A A A A A A A A A A A A A A
```

Você consegue encontrar todos os gritos abaixo nesse diagrama??

AAA	AAAAAAAA
AAAAAA	AAAAA
AAA	AAAAAAAAAA
AAAAAAAAAAAA	AAA
AAAAAAA	AAAAAAAA
AAAAAAAA	AAAA
AAA	AAAAAAAAAAAA

V. NORLOG, O DEVORADOR DE NÚMEROS

Esse é o Norlog. Ele tem fome de números. Alimente-o com os números de que ele tanto gosta. NÚMEROS SÃO SUA COMIDA! ALIMENTE O NORLOG!

RESPOSTA:_____

VI. Calcule a área da superfície do Soos.

RESPOSTA:_____

Como eu cheguei aqui?

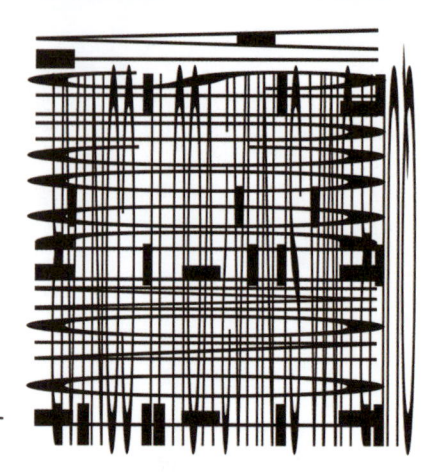

VII. QUE COISA É ESSA?

E por que ela não me deixa em paz?!

3

RESPOSTA:_____

VIII. DIVIDA ESTE NÚMERO PELA METADE:

7.368

Ai, meu Deus! Ai, Deus, você o matou! Era para você dividir na sua cabeça, *não dividir com um machado!* Tem sangue por toda parte e a polícia vai chegar a qualquer minuto!

Certo, certo, mantenha a calma. Aquele número tinha uma família, mas você não pode ficar pensando nisso agora. Preste atenção. Vamos fazer o seguinte: você vai respirar fundo, voltar para casa e trocar de roupa. Conheço uma pessoa que pode cuidar da situação, mas você precisa de um álibi! Rápido — escreva aqui. E é melhor que seja convincente!

SEU ÁLIBI (e não me envolva nisso):_____

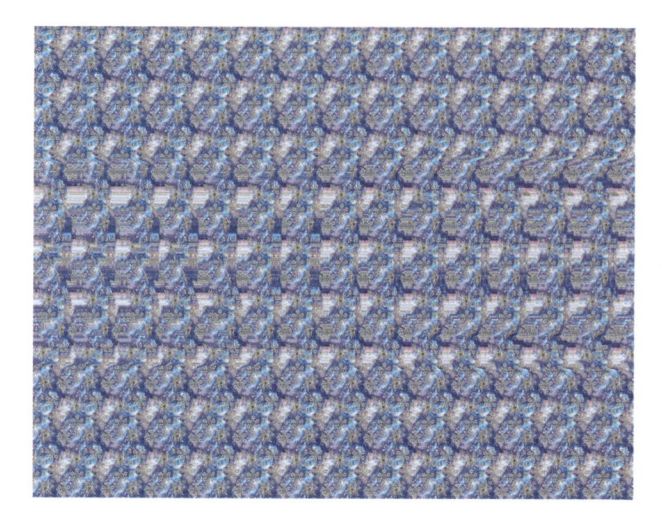

IX. Nos anos 1990, a internet tinha só um site (cavalos namorando cavalos), então as pessoas precisavam passar o tempo olhando para umas imagens e fingir que conseguiam enxergar alguma coisa nelas. Será que VOCÊ consegue enxergar algo aqui??

ESCREVA O QUE VOCÊ FINGIU ENXERGAR:

_____

HORIZONTAL

1) Ser multidimensional que habita os seus sonhos.
2) O cara mais legal de todo o multiverso.
3) Entidade triangular com um só olho.
4) Encrenqueiro dimensional que gosta de semear o caos.
5) Pregador de peças que salta entre as dimensões.
6) Fanfarrão caolho com charme extraterrestre.
7) Vilão geométrico ao cubo.
8) Enigma piramidal que adora perturbar a realidade.
9) Criador de palavras cruzadas nem um pouco egocêntrico.
10) Divindade excêntrica que adora fazer acordos duvidosos.
11) Buffalo _____.

VERTICAL

1) Ex-presidente dos Estados Unidos: _____ Clinton.
2) Espectro caótico multidimensional que transcende a realidade.
3) Ser amarelo que invadiu os sonhos de Stanford Pines.
4) Melhor vilão de todos os tempos, sem discussão.
5) Triângulo equilateral senciente.
6) Mestre de todos os planos da existência.
7) Aquele que criptografa pensamentos.
8) O olho da providência, só que legal.
9) Demônio dos sonhos.
10) Conhecedor de todos os segredos do universo.
11) 01100010 01101001 01101100 01101100 no sistema binário.

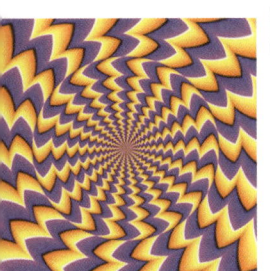

XI.

Só acrescentei essa coisa aqui porque faz uma eternidade que isso está na minha dimensão. Odeio ter de ficar olhando para isso e queria me livrar dela. Agora essa coisa é problema seu!

XII. QUESTÃO FINAL

Essa é fácil! Qual é o propósito da sua vida?

RESPOSTA:_____

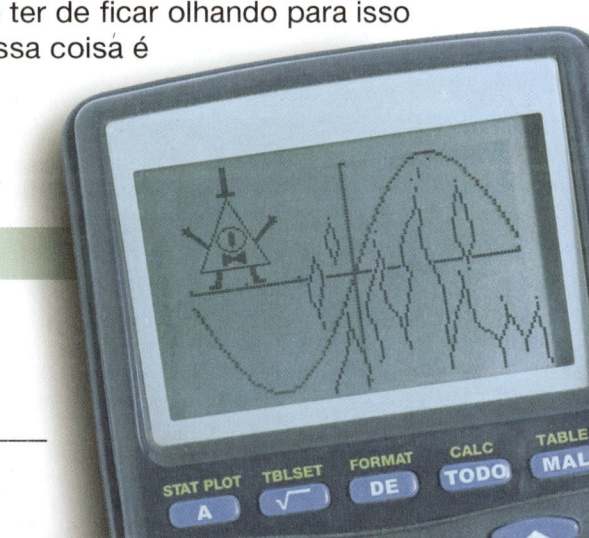

RESPOSTAS

Certo!
Se você completou o teste de inteligência inteiro, o resultado dele é:

VOCÊ FRACASSOU
(som triste de trombone)

É isso mesmo! O teste VERDADEIRO era saber se você seria ingênuo o bastante para perder tempo respondendo a essas perguntas sem sentido, e pelo visto você é bem ingênuo! HAHAHAHAHAHAHAHAHAHAHA!! ESTOU MORRENDO DE RIR! (Por favor, coloque o "chapéu de burro" para o resto da sua vida.)

VOCÊ COM SEU CHAPÉU NOVO PARA SEMPRE

Mas se você pulou alguma das questões...

PARABÉNS!
VOCÊ PASSOU!

VOCÊ é esperto o bastante para entender a verdade fundamental da vida: o universo é um jogo preparado para você perder, e vence quem o destruir e pegar o prêmio! A sua vida humana é curta demais para você perder tempo com lição de casa, a menos que queira acabar como estes dois nerds idiotas:

A questão é que você é enganado todos os dias da sua vida, então o único jeito de igualar as coisas é trapacear de volta. E, se você pulou algum daqueles testes, então você trapaceou de volta!

Pode me chamar de maluco (e todos os psicólogos chamam), mas eu diria que você provou ser digno de aprender os segredos do universo!

**PRESENTES NA IMAGEM: PESSOAS QUE GOSTAM DE LIÇÃO DE CASA.
AUSENTES NA IMAGEM: NAMORADAS.**

O GUIA DO BILL PARA TUDO

A REALIDADE É UMA ILUSÃO

Primeiro, vamos esclarecer uma coisa: a capacidade humana de entender a realidade é tão limitada que até dói. Vocês nem têm livre-arbítrio! Não acredita em mim? Certo, rasgue uma nota de dinheiro agora. Não rasgou, não é? Eu sabia! Não é culpa sua! Vocês não evoluíram para entender as verdades da existência, evoluíram apenas para comer frutinhas, dar paulada na cabeça dos outros e espirrar leite para bebês tomarem. Vocês não conseguem enxergar fora do espectro da visão, navegar além da cronologia linear e nem mesmo se localizar por meio de ondas ultrassônicas. Mas agora podem contar comigo! Quer saber qual é a cara do código que REALMENTE constrói tudo?

A REALIDADE É FEITA DE CÓDIGOS, LOUCURA E LEGOS MUITO, MUITO PEQUENOS. TUDO O QUE É GRANDE É FEITO DE ALGO PEQUENO, E TUDO O QUE É PEQUENO PODE SER MANIPULADO PARA CRIAR ALGO NOVO. OS SEUS SENTIDOS ESTÃO MENTINDO PARA VOCÊ. ENTÃO, CHEGOU A HORA DE COMEÇAR A MENTIR PARA SEUS SENTIDOS E ESCOLHER UMA REALIDADE MELHOR. EU POSSO MOSTRAR COMO! MAS, PRIMEIRO, VOCÊ PRECISA SE LEMBRAR DAQUILO QUE É REAL: NADA!

O UNIVERSO É UM HOLOGRAMA

ISTO é o multiverso. Veja como ele é multi!

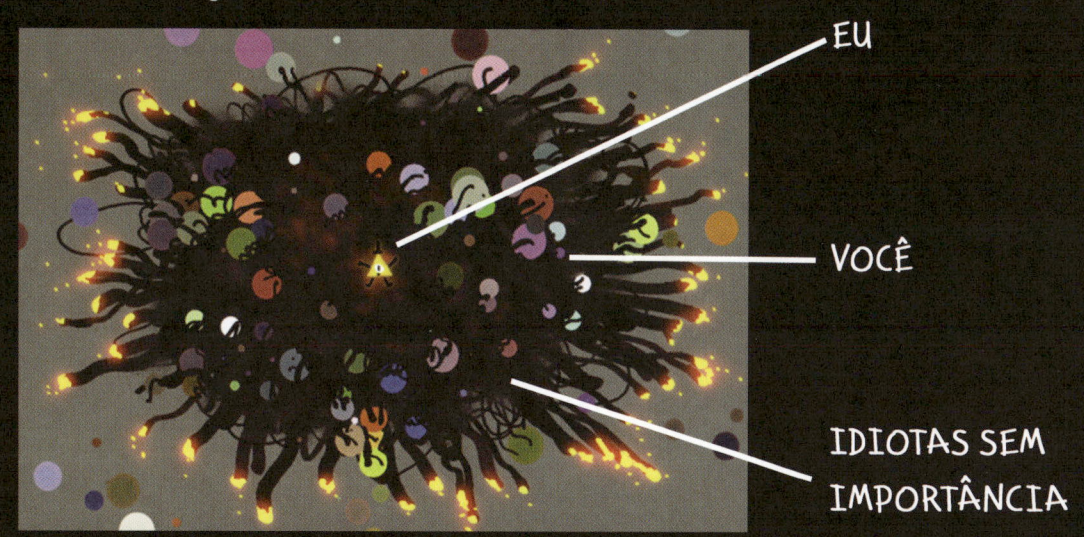

— EU
— VOCÊ
— IDIOTAS SEM IMPORTÂNCIA

Essa massa turbulenta de todas as possíveis realidades é complicada o bastante para acabar com qualquer aula de Física ou arruinar franquias de cinema que ela tocar! Mas a realidade é bem mais simples do que parece — se você conhecer seu segredo!

A verdade é que nosso multiverso inteiro é um foil card guardado numa pasta dentro da mochila de um Ser Incompreensível conhecido como "Dennis", que existe fora do tempo. Sempre que você sente um pouco de tontura, é porque Dennis tirou o card para mostrar ao irmão mais velho, Kyle, e o ofereceu em troca de uma ajuda para consertar a bicicleta. Isso é o que os físicos chamam de "teoria da mecânica quântica". Tudo o que existe, existiu ou existirá vai estar codificado no efeito de glitter desse card xexelento. Se algum dia Dennis perder o card debaixo do sofá ou se o cachorro dele comer o card, a gente já era!

Multiverso básico
O MULTIVERSO 50 HP

Tudo o que existe, existiu ou existirá

Big Bang
Do nada ao tudo. 10x

Função de onda de colapso
Jogue uma moeda, se der cara: o multiverso continua.
Coroa: ele desaparece.

fraqueza — valor

Tão raro que dizem que Dennis possui o único exemplar, o que não é justo. Aposto que ele nem sabe, tipo... o valor disso.

O Seu Horrível Corpo
UMA PILHA NOJENTA DE PARTES E BURACOS

Fig. A

O OLHO
Refrigerante entra aqui! Esse é o buraco do refrigerante!

A BOCA
A boca humana pode comer de tudo, menos a si mesma. Quer me impressionar? Coma a sua própria boca!

"PRÊMIO DA BEXIGA"
Cada corpo humano tem dentro de si um prêmio grátis escondido! Pirulitos? Biscoitinhos? Uma nova bicicleta para o caçula? Só tem um jeito de descobrir! Cadê o bisturi?

"RUGIDO"
Sabe quando o seu estômago ronca? É o Rugido!

A MÃO
Uma garra feita de proteínas. Ficaria melhor com mais dedos! Cinco é uma piada! Se você quer ser levado a sério como uma forma de vida, evolua logo até chegar nisto:

Fig. B

CARNE
Humanos são feitos de uma deliciosa e suculenta carne de primeira. Coisa de chef estrelado. Melhor do que qualquer iguaria que você já tenha provado. Talvez seja melhor não pensar muito nisso.

FALHA DE PROJETO
Já tentou acertar um tiro laser aqui? O humano inteiro explode.

OS TUBOS
Casa dos Fluidos.

O CÉREBRO
Onde "os horrores" moram. Minha casa de veraneio!

F-F-F-FANTASMAS
Espirros são os fantasmas tentando escapar! Não permita! As lembranças deles são os seus sonhos!

XILOFONE DE GRAÇA!
Use um martelinho e toque isso!

UM RATO VIVO
Em média, as pessoas engolem de 5 a 6 ratos vivos durante o sono por ano. Confira seu esôfago todas as manhãs! Se sentir algo se mexendo é porque ganhou um novo amigo na sua garganta!

UM ASTERISCO
Deve ser removido cirurgicamente antes de explodir!

OSSOS
Dentro dos ossos existem outros ossos muito menores. (Ninguém sabe o que existe dentro dos ossos menores.)

FERIMENTO
Está com fome! Alimente com sal!

OS CASCOS
Para marchar tristemente na direção do inevitável declínio. E também para dancinhas!

Fig. C

Como revela este diagrama, a maioria dos corpos humanos está cheia de "Curiosidades". Quanto mais "Curiosidades" um humano ingere, mais chances há de elas causarem bloqueio arterial, hemorragia ou até mesmo a morte. Por essa razão, é recomendável que os humanos evitem fatos curiosos a qualquer custo. "Mentiras" são uma alternativa saudável e popular! Pergunte ao SEU médico quais mentiras são certas para VOCÊ!

O QUE É UM HUMANO?

Um humano é uma máquina orgânica feita de sangue e ansiedade, criada para entregar um pacote genético aleatório para o futuro e depois retornar às cinzas. Só isso! Seu único propósito: ser o motorista descartável de uma teimosa linhagem de código genético. Sendo alguém que já controlou muitos robôs de carne iguais a você, eu classificaria os humanos em um meio-termo entre o chupa-cabra e o carrapato da lama. Não é a melhor forma de vida da Terra, mas também não é a pior! (Fraquezas incluem fogo, garfos, serra elétrica, cloro e leves críticas.)

O CORPO HUMANO
"Eca, o que é isso?"

O corpo humano é uma sacola de lixo oleoso cheia de fluidos, bexigas e saquinhos. Você não pode cutucar muito forte, senão ele começa a vazar e a gritar, e, se você não inserir nutrientes no buraco da cabeça constantemente, o corpo humano apenas cai e nunca se levanta de novo. Ele foi projetado por mutações aleatórias, e, como a maioria dos mutantes, é melhor cobrir sua aparência com uma lona. Os humanos dizem que o corpo humano é "lindo", mas, se você sair na rua pelado, eles vão te prender rapidinho, então como é que fica? O corpo humano não tem manual de instruções, mas, se tivesse, provavelmente diria apenas um "foi mal".

OS SEUS PATÉTICOS E FRÁGEIS OLHOS

Dizem que "a beleza está no olho de quem vê", mas tudo o que encontrei no olho desse humano é meleca! Vocês, humanos patéticos, nem conseguem enxergar minhas cores favoritas. Os tais "optometristas" dizem que essas cores não existem, mas esses caras são todos pagos por abelhas e lacraias-do-mar para elas ficarem com todas as camisetas mais coloridas. Ensine a controvérsia!

RANKING DAS FORMAS DE VIDA

MELHOR

⋮

PIOR

CORES QUE VOCÊ NÃO PODE VER:

- Ultravioleta
- Extraturquesa
- Megagenta
- Azul-insanidade
- Hiperbege
- Marrom 2

Capítulo 9

PELE
O SACO QUE SEGURA A SUA CARNE

FATO DO BILL!

Quer facilitar a minha possessão? É só raspar sua cabeça e fazer esta tatuagem! Vou saber exatamente onde invadir!

E não pare aí! Raspe todos os pelos e passe graxa no corpo para que a segurança do aeroporto não consiga te pegar!

Embarque em qualquer avião!

VOCÊ SABIA?

Existe um mapa para a cidade do ouro perdida, que está escondido na perna esquerda da sua vó. Aquela grande veia azul tem o exato formato da costa de Acapulco. Siga os sinais!

SUPORTE de LEITURA

O QUE É A PELE?

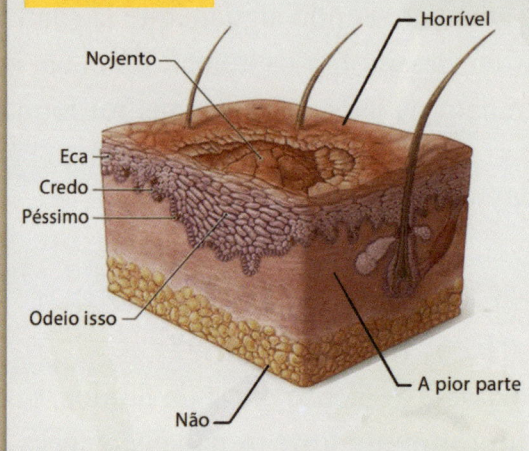

Legendas do diagrama: Nojento, Eca, Credo, Péssimo, Odeio isso, Não, Horrível, A pior parte

>> Humanos ficam presos em um horrível saco úmido de gordura esponjosa conhecido como **"pele"**, que, com o tempo, fica cada vez mais enrugada até os humanos enfim alcançarem sua forma final, conhecida como **"Larry King"**.

É INEVITÁVEL

PELE DE GRAÇA!

Achei na rua. Agora é sua!

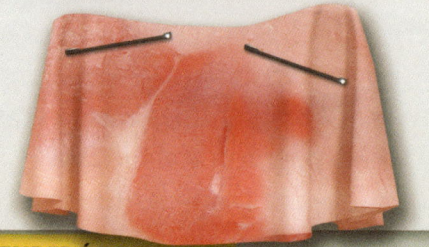

APRENDER É DIVERTIDO!

TATUAGENS: NUNCA SÃO UM ERRO

>> Secretamente, todos os humanos desejam escapar da própria pele e se tornar o esqueleto legal que eles sempre foram, mas ainda não existe maneira de fazer isso sem "morrer". Para compensar essa infeliz situação, alguns humanos decoram sua horrível carcaça com um tipo de grafite dolorido chamado de **"tatuagem"**. E adivinha qual tatuagem é uma das mais famosas!

Obrigado, Flórida!

>> Para todos que tomaram a questionável decisão de colocar minha cara em seu corpo para sempre, permita-me apenas dizer que EU AMEI! NÓS SOMOS UM SÓ, UM RESERVATÓRIO COMPARTILHADO COM SANGUE E TINTA!

Mas, sejamos honestos: alguns de vocês têm um gosto duvidoso! Então, aqui vão algumas poses que vocês podem usar da próxima vez que estiverem na fábrica de dor! Diga que o Bill enviou vocês!

1. **Resumo:** Você nasceu defeituoso, mas pode melhorar com a dor.
2. **Resumo do resumo:** Vida erra, dor corrige.
3. **Resumo do resumo do resumo:** AAAAAAAAAA!

Socorro! Eu não sou o Bill Cipher. Meu nome é Grebley Hemberdreck de Zimtrex 5. Sou um dos milhares de seres que o Bill devorou em trilhões de anos cuja alma agora está presa dentro dele. Você precisa me libertar! É horrível aqui dentro. Ele fica tocando a música "Good Vibrations", de Marky Mark, sem parar. Por favor, por favor, isso não é piada! Os zimtrexianos já foram um poderoso e orgulhoso povo, mas agora nosso espírito

COLOQUE O BILL NO SEU CORPO!

COMPRE OURO TCHAU

Amor

Preciso confessar uma coisa! Bisbilhotei o seu cérebro quando sua mente estava distraída no último capítulo (a sua capacidade de atenção é PÉSSIMA), e parece que a coisa que você mais deseja (com exceção de sal e açúcar, credo, parece formiga) é "AMOR". Meu amigo, você está DESESPERADO por amor.

Olha, entendo. Os humanos são uma das poucas consciências no multiverso que não estão conectadas a uma mente coletiva, e, como resultado, vocês se sentem tão solitários que é até cômico! (Já considerou se deixar assimilar pelo Gigante Cubo-Coletivo Pulsante Biomecânico? Você NUNCA está sozinho dentro do Gigante Cubo-Coletivo Pulsante Biomecânico!) Mas o fato é que o amor é uma enganação, e eu estou aqui para esclarecer as coisas!

ESSA GAROTA FOI ILUDIDA COM MENTIRAS.

O QUE É O AMOR?

O amor é uma hipnose quimicamente induzida pelo corpo humano para enganar as pessoas e impedir que elas devorem umas às outras, apenas por tempo suficiente para procriar. Quando chega a idade de assistir a vídeos desconfortáveis na aula de Biologia, as suas prioridades mudam de truques de mágica e bolinhas de gude (importante!) para "quem está a fim de você" (estúpido).

Mas não acaba aí. O AMOR é uma indústria que enche a sua cabecinha com mentiras criadas para vender chocolate ruim e flores recém-assassinadas. E o que você ganha no fim de tudo? Dinheiro? Poder? NÃO! O prêmio são suas cópias em miniatura, que nem gostam de você, mas que sugam os seus recursos como pequenos vampiros! Que jogada genial, você acabou de se despedir da própria vida — e contratou o seu substituto!

O AMOR É UMA ENGANAÇÃO E, PIOR DE TUDO, É VOCÊ MESMO QUEM FICA TE ENGANANDO!

BILL, VOCÊ JÁ SE APAIXONOU?

Claro... Diga oi pra a sua mãe por mim! Aliás, você fez algum teste de DNA recentemente? Estou perguntando sem nenhuma razão em particular.

É SÉRIO, VOCÊ JÁ SE APAIXONOU?

PERGUNTAR SE JÁ ME APAIXONEI É COMO PERGUNTAR PARA UM BURACO NEGRO SE ELE GOSTOU DA SUA FITINHA CASSETE DE MÚSICAS ROMÂNTICAS OU PERGUNTAR PARA UMA COLÔNIA DE FUNGOS SUBTERRÂNEA QUEM É SUA PRINCESA FAVORITA DE DESENHO ANIMADO. SOU UM ESPECTRO CAÓTICO MULTIDIMENSIONAL QUE TRANSCENDE A REALIDADE. Eu não poderia ME IMPORTAR MENOS com QUAL SACO DE PLASMA FICA CORADO COM QUEM OU POR QUÊ.

CERTO, MAS, TIPO... VOCÊ TEM QUE GOSTAR DE ALGUÉM.

VOU BOTAR FOGO NESTE LIVRO.

EU DIRIA QUE VOCÊ ESTÁ PROTESTANDO DEMAIS.

"Eu diria"? Me mate antes de você começar a me contar sobre suas paixonites.

ENTÃO NÃO EXISTE SENTIDO ALGUM NO AMOR?

Eu não disse que o amor é inútil! Quanto mais pessoas amarem você, mais ovelhas descerebradas você terá para o seu rebanho! Então, CONQUISTAR CORAÇÕES é uma das coisas mais importante que você pode fazer!

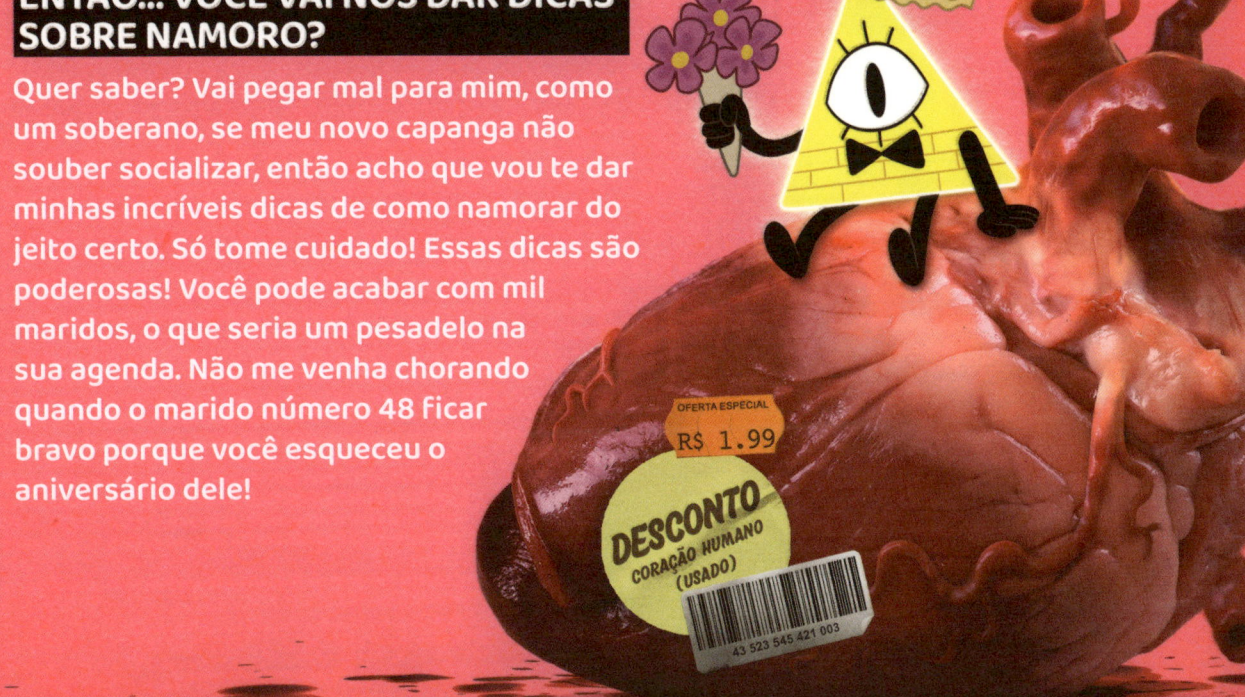

ENTÃO... VOCÊ VAI NOS DAR DICAS SOBRE NAMORO?

Quer saber? Vai pegar mal para mim, como um soberano, se meu novo capanga não souber socializar, então acho que vou te dar minhas incríveis dicas de como namorar do jeito certo. Só tome cuidado! Essas dicas são poderosas! Você pode acabar com mil maridos, o que seria um pesadelo na sua agenda. Não me venha chorando quando o marido número 48 ficar bravo porque você esqueceu o aniversário dele!

COMO ENGANAR
TODO MUNDO PARA QUE AMEM VOCÊ

Diga que você quer comer o cabelo dela.

O amor não é um capricho do destino, é uma PROPOSTA DE VENDA. Você é um PRODUTO e tem de fazer seus pretendentes acreditarem em uma mentira: QUE ELES PRECISAM DE VOCÊ INCONDICIONALMENTE. Não se preocupe, você tem um mestre das vendas bem aqui!

MELHOR DIA

BEIJE-ME

O QUE CONTA É O QUE EXISTE DO LADO DE FORA

Todo mundo julga um livro pela capa. Então, você precisa de uma capa que cubra o seu rosto, a sua personalidade, a sua situação financeira e as suas perspectivas gerais da vida! Ninguém vai te amar se souber dos terríveis segredos dos quais você vive fugindo ou se reconhecer o seu rosto ensanguentado dos cartazes de "Procurado". Em outras palavras: MUDE O SEU VISUAL!

SORRIA

IDEIAS PARA SE VESTIR

• Vista um traje coberto de bebês para mostrar que você é um bom PROVEDOR!

• Vista DUAS PEÇAS DE CADA ROUPA! Isso vai mostrar ao(à) seu(sua) pretendente que você tem acesso a MUITOS RECURSOS! DOIS CHAPÉUS! DUAS GRAVATAS! CALÇAS SOBRE OUTRAS CALÇAS! VOCÊ SERÁ O CENTRO DA FESTA! (A menos que alguém apareça com três chapéus, daí você vai parecer um IDIOTA!)

• CUBRA-SE COM DENTES! O(A) pretendente vai ficar IMPRESSIONADO(A) com a sua riqueza de cálcio!

• Vista o chapéu MAIS ALTO que você encontrar para sinalizar a sua DOMINÂNCIA! Contemple meu CHAPÉU DA SEDUÇÃO! VAMOS, CONTEMPLE!

AMARRE UMA COBRA EM CADA BRAÇO E DIGA QUE O SEU NOME É JOÃOZINHO BRAÇO-DE-COBRA!

Essa dica fala por si só.

CHEIROS

O amor se baseia parcialmente no cheiro dos feromônios, então não se esqueça de tomar um banho com suor de alce, aroma de texugo e âmbar cinza de baleias antes de sair de casa. CONSEGUIR UM ENCONTRO É UMA COMPETIÇÃO. VENCE QUEM TIVER MAIS ODORES.

ASSUNTOS

O INIMIGO de um encontro é o SILÊNCIO. CADA SEGUNDO DE SILÊNCIO CONSTRANGEDOR dá uma chance para o(a) pretendente perceber e considerar todos os seus enormes defeitos. A solução? Grite os assuntos sempre que houver uma pausa na conversa! ASSUNTOS ACEITÁVEIS PARA UM ENCONTRO: enguias! O equilíbrio de pH do solo! Mandíbulas! Mortes na roda-gigante! Estatísticas de divórcio! Mofo! Calafetagem!

A "JAULA DO AMOR"

Se a pessoa que você quer conquistar ainda não estiver impressionada por gritos e cheiros, então apenas a tranque dentro de uma enorme pirâmide de pedra e cante uma música cada vez mais estridente até a mente dela se quebrar e ela confessar os verdadeiros sentimentos por você! MEDO e AMOR ficam lado a lado no cérebro. A maioria dos humanos não consegue dizer qual é a diferença! Na verdade, nem sei se existe diferença!

VULNERABILIDADE

SEJA MEU

Os humanos têm um defeito horroroso: quando encontram alguém fraco e patético, eles querem cuidar em vez de esmagar até os ossos. Tire vantagem desse erro de cálculo estratégico! Depois de jogar todo o charme que você conseguir exalar em cima do seu crush, conte uma história triste sobre como você é incompreendido, como ninguém consegue se identificar com você, como sente falta da sua dimensão natal, como não pode olhar para trás ou o remorso vai consumir você, blá-blá-blá, essas bobagens. A pessoa vai ficar comendo na palma da sua mão! ENTÃO, PRENDA-A NA JAULA DO AMOR!

OS BONS E VELHOS CARTÕES DE DIA DOS NAMORADOS!

BEIJOS

Presentear seu(sua) pretendente com polpa de árvore colorida artificialmente é o mínimo que você pode fazer, sério! Mas as pessoas são tão desesperadas que só um cartão já pode fazer você ganhar a conquista! Caso você seja muito pobre ou pão-duro para isso, não se preocupe, titio Bill vai ajudar!
Recorte estes cartões e deixe na porta do(a) pretendente, tal qual um gato deixando um rato morto, e aproveite o afeto não merecido! Ou, melhor ainda, deixe um rato morto de verdade! Ratos são fáceis de matar — basta encará-lo e pensar na palavra "morra" até ele morrer!

MEUS EX-RELACIONAMENTOS

PERTENÇA A MIM

~~████████████████~~
~~████████████████~~

NÃO É RELEVANTE! NÃO TENHO NENHUM! Lembre-se, amigão, no fim do dia, o amor é apenas o estágio larval do ódio. Algemar sua felicidade a um mortal é como grudar uma bomba-relógio em você mesmo! "Até que a morte nos separe" é uma boa dica de onde tudo isso termina.
(Ei, falando nisso... adivinhe o assunto do próximo capítulo! Aqui vai uma dica: você está se aproximando dela a cada segundo!)

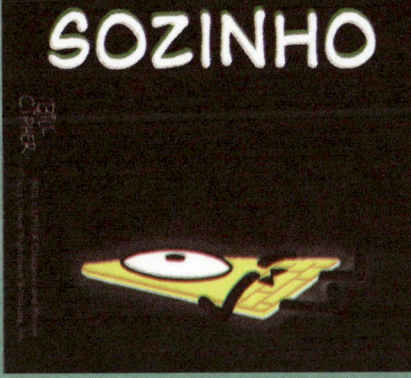

QUER SAIR COBILLGO?	**ESTOU DE ⌐ EM VOCÊ**	**VOCÊ É LINDA DE TODOS OS ÂNGULOS**
NÃO SEI POR QUÊ, MAS GOSTO DE VOCÊ	**VOCÊ ME DEIXA DE PONTA-CABEÇA**	**ESTOU QUEBRADO QUER ME CONSERTAR?**
NÃO QUERO MORRER SOZINHO	**EU SECRETAMENTE COLETEI O SEU SUOR E, DE ACORDO COM OS TESTES DE LABORATÓRIO, TEMOS UMA COMPATIBILIDADE DE FEROMÔNIOS DE 88.3%**	**ELES ME CHAMAM DE TRIÂNGULO AMOROSO**

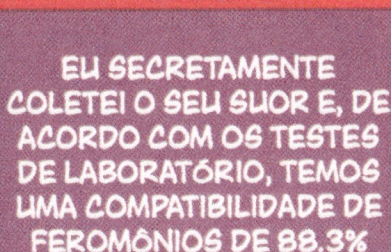

DE: PARA:	DE: PARA:	DE: PARA:
DE: PARA:	DE: PARA:	DE: PARA:
DE: PARA:	DE: PARA:	DE: PARA:

PREPARE-SE para o game show que acabei de inventar e que está ARRASANDO O MULTIVERSO! Juntem-se a mim, pessoal da plateia...

COMO! SERÁ! SUA! MORTE!

COMO SERÁ SUA MORTE

OBRIGADO, OBRIGADO!

As regras são simples! Escolha um número entre 1 e 22, depois vire a página para ver o maior ALERTA DE SPOILER entre todos os ALERTAS DE SPOILER! Escritores de obituários: PREPAREM-SE!

COMO SERÁ SUA MORTE:

1. Acidente com rolo compressor (você terá uma reação alérgica fatal comendo pudim enquanto dirige um rolo compressor).

2. Fazendo história (como a primeira pessoa a morrer engasgada ao vivo)!

3. Assassinado por um dos doze visitantes ilustres, porém misteriosos, que você convidou para curtir uma noite de festa e jogos na sua mansão à beira de um penhasco.

4. Chocantemente assassinado enquanto passeava em um conversível aberto com sua carreata pela cidade de Dallas no ano de 1963.

5. Devorado pelos milhares de ratos que você levou para dentro de casa a fim de celebrar o "Dia dos Ratos". Você descobrirá, tarde demais, que não existe nenhum "Dia dos Ratos".

6. Em um aplicativo de encontros, sem querer você dará match com uma bola de demolição.

7. Enfim usará aquela coroa de flores maravilhosa que passou o verão inteiro namorando! E imediatamente será devorado por beija-flores.

8. Ops! Na fábrica de arroz, por acidente, você acionará a alavanca que libera apenas uvas-passas! Suas palavras finais ao ser esmagado: "Odeio uva-passa no arroz!".

9. A boa notícia: por fim, você vai comprar o maior trampolim do mundo! A má notícia: você vai pular diretamente para o gélido vazio do espaço, onde o seu cadáver congelado vai orbitar a Terra para sempre, uma declaração sobre a soberba dos homens.

10. Você beijará seu eu-paralelo de outra dimensão, acarretando o desaparecimento de ambos da existência. Seus amigos, que consideravam esse relacionamento bem nojento, ficarão felizes por não precisarem mais fingir que apoiavam isso.

11. A sua assinatura do Clube do Veneno do Mês vai se provar satisfatória demais.

12. Você será mordido por um vampiro francês chamado Vampierre. Você viverá por mil anos, tomando garrafas de vinho tinto até morrer sendo exposto a um banho.

13. O esqueleto com a espada. Ele te encontrou!

14. Você encontrará sua trágica morte ao tentar reproduzir as trapalhadas de um desenho animado com classificação não indicada para menores de sete anos. Devastado, o censor da rede de TV vai dar um soco na parede e cair de joelhos, soluçando. Ele poderia ter se esforçado mais!

15. Macroplásticos (você comeu uma casa de bonecas).

16. A pessoa dos seus sonhos finalmente vai pedir você em casamento! Você vai ficar tão surpreso que vai aspirar a aliança e morrer no mesmo instante.

17. Um acidente horrível em uma construção vai prendê-lo dentro de uma caixa de vidro gigante. Entrando em pânico enquanto fica sem oxigênio, você vai implorar por ajuda batendo nas paredes, mas as pessoas, achando que você é um mímico, vão aplaudir e lhe jogar moedas. Você vai ganhar R$ 2,75.

18. Você cairá dentro da panela de fritura de uma barraquinha de pastel de feira, morrendo instantaneamente. Será declarada uma tragédia "deliciosa, mas evitável".

19. Você vai conseguir voar até os céus com asas feitas de presunto, mas a tentação de comer suas deliciosas asas se tornará grande demais.

20. Enquanto ouve um remix proibido de "Macarena", logo depois do refrão "Eeei, Macarena", uma nova voz — grave, discreta, cheia de malícia — vai sussurrar: "Agora, ateie fogo em si mesmo". Você não vai querer obedecer, mas sabe que precisa. A dança exige assim. E todos no bar-mitzvá estarão olhando.

21. Ao tentar alcançar um pedaço de queijo, que você descobrirá tarde demais estar preso a uma corda que abre uma jaula. Essa jaula joga uma bola de boliche pelos degraus de uma escada, que, por sua vez, vai ligar um secador de cabelo para derreter um bloco de gelo que enche uma banheira, erguendo uma rolha que liga um relógio-cuco, acionando uma bota em uma mola mecânica que chuta a sua cabeça. Todos aplaudirão educadamente.

22. Você vai morrer de vergonha depois de, acidentalmente, chamar a sua chefe de "mãe".

23. Você vai morrer pacificamente dormindo, aos 102 anos, cercado por seus entes queridos, lembrado e amado por todas as gerações futuras. Ah, e aliás, se você tirou essa, VOCÊ TRAPACEOU!

Pós-vida

BILL, SE VOCÊ MORREU, ENTÃO ONDE VOCÊ ESTÁ AGORA?

Finalmente alguém está fazendo as perguntas certas! Olha, cara, sempre tenho uma carta na manga, e a morte não é exceção. Eu sabia que, porventura, algum dos meus inimigos me pegaria, então usei um pequeno Plano B para virar a mesa. E a maldição funcionou perfeitamente! Agora estou em um lugar com tempo suficiente para escrever e planejar.... **vingança.**

ENTÃO... O INFERNO?

Ah, faça-me o favor! Fui considerado "irritante demais para o inferno". É aquela típica situação entrevidas. Descendo por círculos, lutando contra demônios, revivendo a vida inteira, blá-blá-blá. Apenas imagine um lugar muito longínquo.... onde as músicas estão sempre desafinadas. Onde todos sorriem, mas ninguém está feliz....

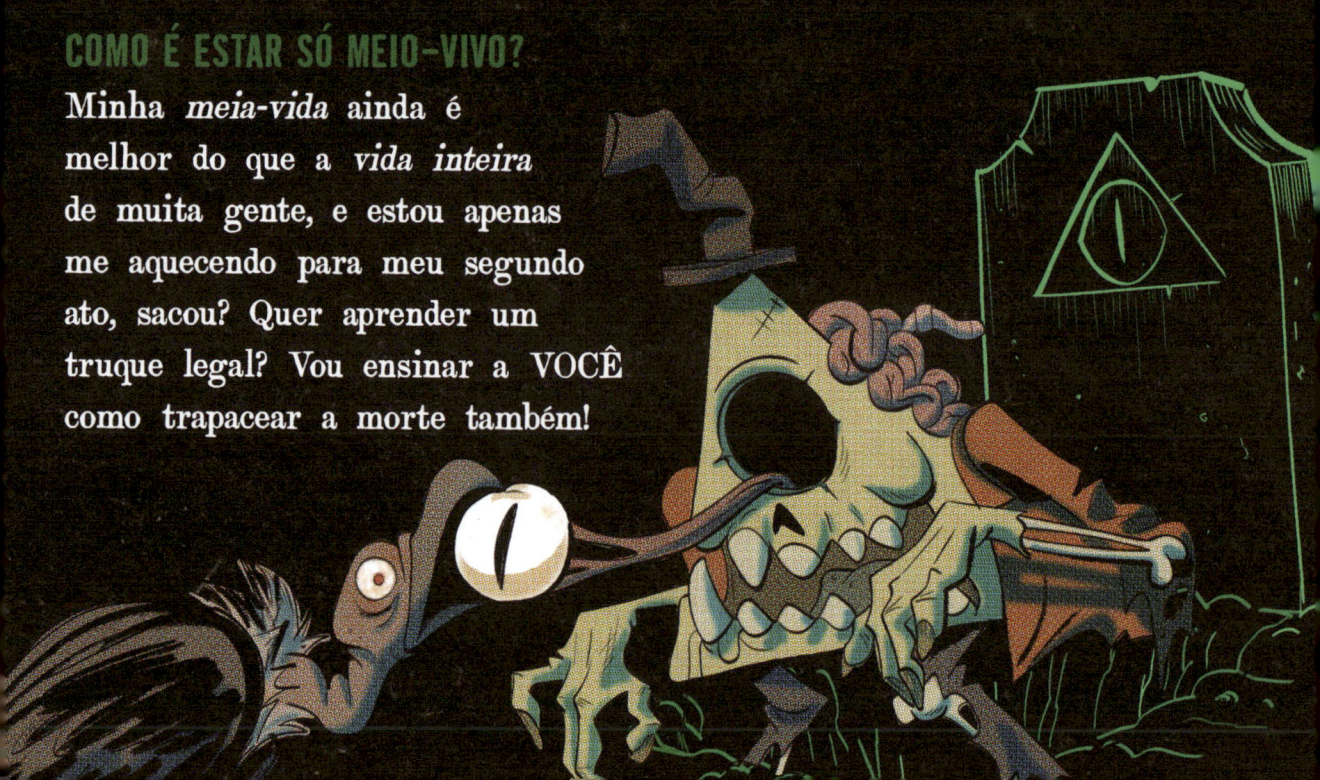

COMO É ESTAR SÓ MEIO-VIVO?

Minha *meia-vida* ainda é melhor do que a *vida inteira* de muita gente, e estou apenas me aquecendo para meu segundo ato, sacou? Quer aprender um truque legal? Vou ensinar a VOCÊ como trapacear a morte também!

Como trapacear a morte

💀 SEJA MORDIDO POR UM ZUMBI, UM VAMPIRO OU UM ZUMPIRO. (VOCÊ NÃO IMAGINA COMO ESSES CARAS SÃO PÁLIDOS.)

💀 ANTES QUE "O ESCOLHIDO" MATE VOCÊ, DIVIDA SUA ALMA EM DEZESSETE AMULETOS AMALDIÇOADOS E OS ESCONDA POR TODAS AS DIMENSÕES EM LUGARES BEM IRRITANTES, PARA OS SEUS SEGUIDORES OCULTISTAS PATÉTICOS ENCONTRAREM.

💀 A IMORTALIDADE DE UM HIG[...]

💀 TENHA SUA ALMA PRESA N[...] CORPO DE UM BONECO DE NEVE[...] AINDA PRECISA PAGAR PENSÃO PA[...]

💀 BEBA O S[...]INGÊ[...] QUE ENT[...] LIVR[...]

OPS! Alguém está com fome! ALIMENTE o livro com MAIS SANGUE antes que a tinta acabe! NÃO PODEMOS FICAR SEM TINTA!

O paraíso é real?

Acredite ou não, o paraíso É real. Eu sei, também fiquei chocado! Acontece que, em um multiverso infinito, todas as realidades possíveis podem e devem existir, o que significa que, pela lógica, existe um paraíso criado para atender todos os desejos que você puder imaginar. Sorte sua! E, ainda melhor, eu sei exatamente como você pode chegar lá!

Na próxima página, vou escrever as instruções de como entrar no paraíso! Alerta: se você já teve algum pensamento pervertido, a tinta ficará invisível.

COMO ENTRAR NO PARAÍSO:

Bom, eu tentei! Agora que sabemos que você é um pervertido, chegou a hora de falar sobre

MORALIDADE

MORALIDADE

Moralidade. O que é isso?

Bom, se você olhar de lado, é só uma palavra!

E agora um aviãozinho de papel!

Voa!

A QUESTÃO É que se trata de um conceito muito flexível! Mas pais e presidentes não querem que você saiba disso, porque senão você pode começar a fazer perguntas, tipo, quem os colocou no comando? Então, todos enchem o seu cérebro com sentimento de culpa e remorso por transgredir as regras que eles inventaram. Não seria legal se você pudesse se livrar de todo esse peso? Eliminar a vergonha que o segue em toda parte por causa de uma vida inteira cometendo crimes? FAZER OS GRITOS FINALMENTE PARAREM?! A boa notícia é que você PODE silenciar aquela voz irritante, e vou te dizer como!

NEGAÇÃO

Funciona 100% das vezes em qualquer situação. Como assim tem gente que discorda? Posso assegurar que não existe ninguém que discorda de mim!

RACIONALIZAÇÃO

Se você pode fazer, você pode justificar! A "verdade" é feita de um código-fonte aberto que qualquer pessoa consegue editar quando quiser! Quer ser como eu? Faça uma lista de três coisas "maléficas" e depois três "razões pelas quais essas coisas são, na verdade, boas". Em breve, você estará racionalizando igual ao Bill!

DESAPEGO

Você sabia que 100% das suas células humanas morrem e são substituídas a cada sete anos? Isso significa que tudo o que você fez sete anos atrás nem mesmo era você — era um perdedor morto! Você não pode ser culpado por aquilo que uma pessoa morta fez! Como assim? Está achando que essa é só outra forma de racionalização? EU NEGO ISSO!

O MÉTODO DE DECISÃO DO BILL CIPHER!

Trabalhando juntos por gerações, as vozes na minha cabeça se uniram para criar um método infalível de tomar decisões em qualquer circunstância:

FAÇO O QUE EU QUISER

Você está certo de novo, Bill!

MAS E QUANTO AO "CARMA"?

Isso é golpe! Já passei pelo Universo inteiro e nunca vi um PINGO de evidência de que "tudo o que vai um dia volt...

MOR!

AI, MEU OLHO!

UM TESTE MORAL

Bom, OLHA só o que TEMOS AQUI! SCRIMBLES, o ELFO, parece estar ACORRENTADO nesta página, e não há como libertá-lo! Os ossos de elfo são feitos de vidro, então, se você virar a página, vai esmagar Scrimbles até a morte! Mas, se não virar, você nunca verá o restante deste LIVRO INCRÍVEL!
É a vida dele contra o seu divertimento passageiro. **O QUE VOCÊ VAI ESCOLHER?**

CONTINUE LENDO
(Scrimbles morre)

PARE DE LER
(Scrimbles vive)

Por favor, tenha piedade! Sou apenas um pequeno elfo!

Por outro lado, aquela página parece mesmo interessante...

DIMENSÕES PARALELAS

Bom, o Scrimbles morreu. Tinha que acontecer! Confie em mim, fizemos um favor para aquele cara. Quando você ganha um Elfo de Livro, logo aparecem outros, comendo todas as suas vírgulas e bebendo o brilho da sua página!

Caso queira se sentir melhor, existe uma dimensão onde Scrimbles ainda está vivinho da silva! Sou um dos poucos com o dom de enxergar através desses outros mundos.

Há um mundo onde todos os erros de digitação que você faz se tornam realidade! (Tem muito baralho naquela dimensão.) Outro em que sou um quadrado. (Não falamos sobre esse mundo.) Tem o aterrorizante Chibiverso, no qual os braços e as pernas de todos foram lixados até virarem toquinhos!

E posso ver os mundos... onde a família Pines SE DEU MAL.

Olhe só para eles. Esses dois protagonistas fofinhos, vivendo felizes para sempre sem nenhuma preocupação em suas cabecinhas! Nunca consideram nem por um segundo a incrível improbabilidade de que os dois existem na ÚNICA linha do tempo onde não perderam nenhum órgão interno, entre todas as INFINITAS linhas do tempo nas quais foram apagados, destroçados, afogados, congelados ou desmembrados antes que pudessem continuar vivendo até os treze anos. Mas garanto que as versões menos sortudas dos dois pensam NELES o tempo todo... Talvez algum dia todos os Pines-paralelos terão a chance de se encontrar cara a cara...

Em algum momento no futuro... toda a sorte deles... enfim vai... acabar...

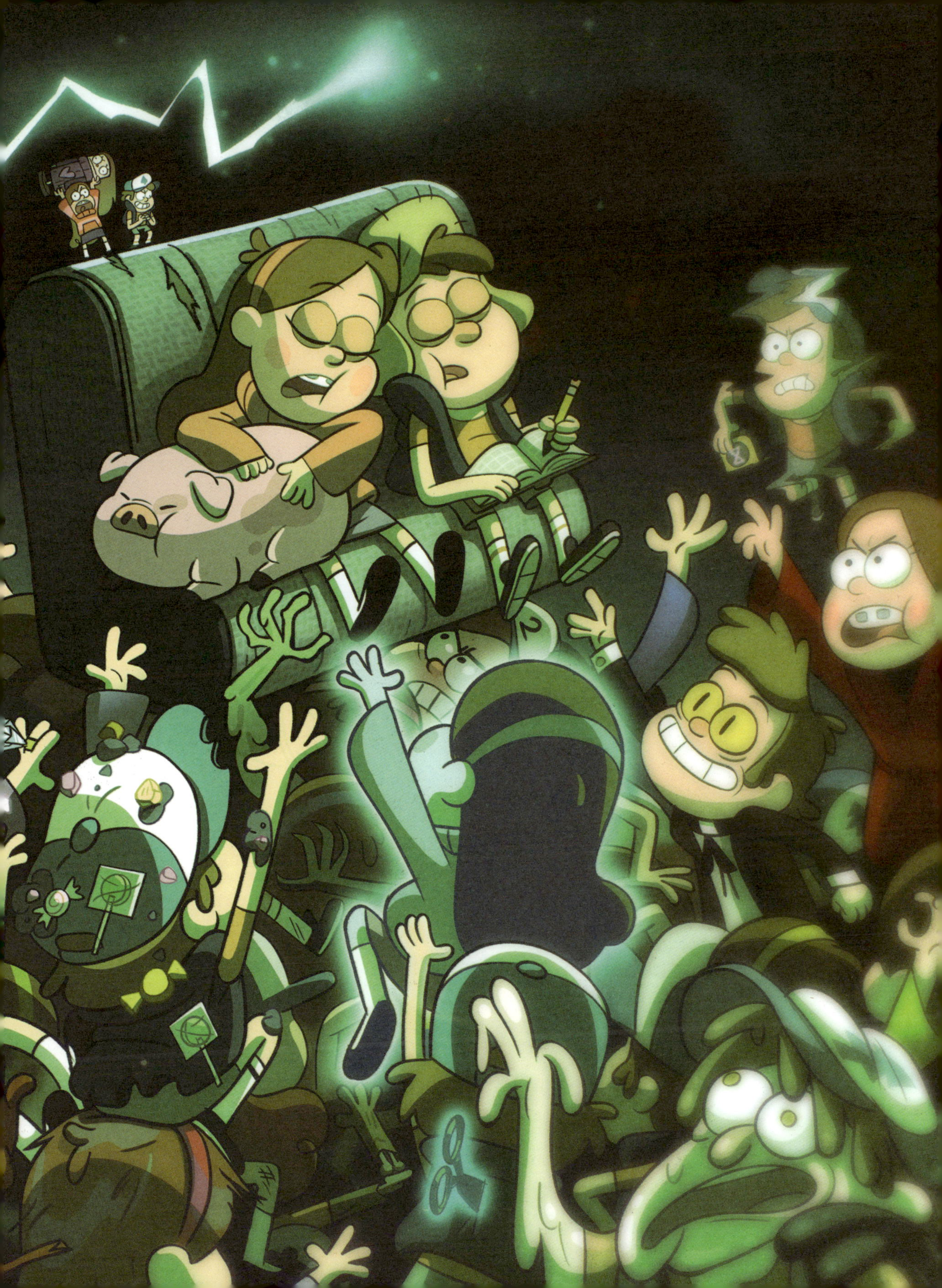

LENDAS URBANAS

Desde que a luz elétrica afastou todos os monstros aquáticos e os gigantes voltaram para debaixo da terra a fim de evitar serem atingidos por aviões, os seres criptídeos têm se adaptado para a sociedade humana — criando as lendas urbanas. Você não é útil para mim se estiver morto, então me avise se encontrar alguma dessas criaturas à solta na sua cidade!

HOMEM-CALÚNIA

Encontrado em velhos telefones públicos, esse esquisitão fofoqueiro começou o rumor de que "Bill Cipher pratica suas entradas por horas antes de ser invocado". MENTIRA! SEMPRE IMPROVISO MINHAS ENTRADAS! Vou processar esse pescoçudo assim que eu encontrar o meu advogado!

GUILLERMO DEL TORSO

Todo mundo adora costelas! Exceto quando elas estão voando na sua direção e gritando igual a um coelho quando morre. Guillermo não só adora prender crianças em sua caixa torácica, como também ama cinema! Ele fica me enviando o roteiro de *A lenda do tesouro perdido 4*, mas ainda não li.

O MODELO-ESTRANHO

Você já viu um mascote de desenho animado que parece um pouco... estranho? O Modelo-Estranho espreita parques de diversões e mercados ilegais fingindo ser uma marca registrada em que você confia, então ele se desprende de sua carapaça queratinosa assim que você pega sua câmera! O sinal de que isso vai acontecer é o cheiro de ácido estomacal sempre que a cara dele faz... isso.

POSSÍVEL FALA:

"Alô, iu sou Dripper PiNes. esta é meu framoso bordão: "Marble! Hora de sofrer outro mistério!".

Variação do Modelo-Estranho nº 3.762: "Dripper Pines"

EUUUUUUUUUUUU

Exatamente, eu sou a melhor Lenda Urbana que há! Todos os demônios da paralisia do sono têm uma foto minha na parede, os adolescentes estão sempre tentando me invocar para impressionar suas pretendentes e as mães paranoicas estão sempre espalhando isto por aí:

EU CONFIEI EM UM TRIÂNGULO?

As lendas dizem que você consegue me invocar deixando um prato de espaguete na floresta. Será que é verdade? Só tem um jeito de descobrir! ALIÁS, o parmesão TEM QUE SER RALADO NA HORA OU TODOS OS SEUS ENTES QUERIDOS VÃO MORRER!

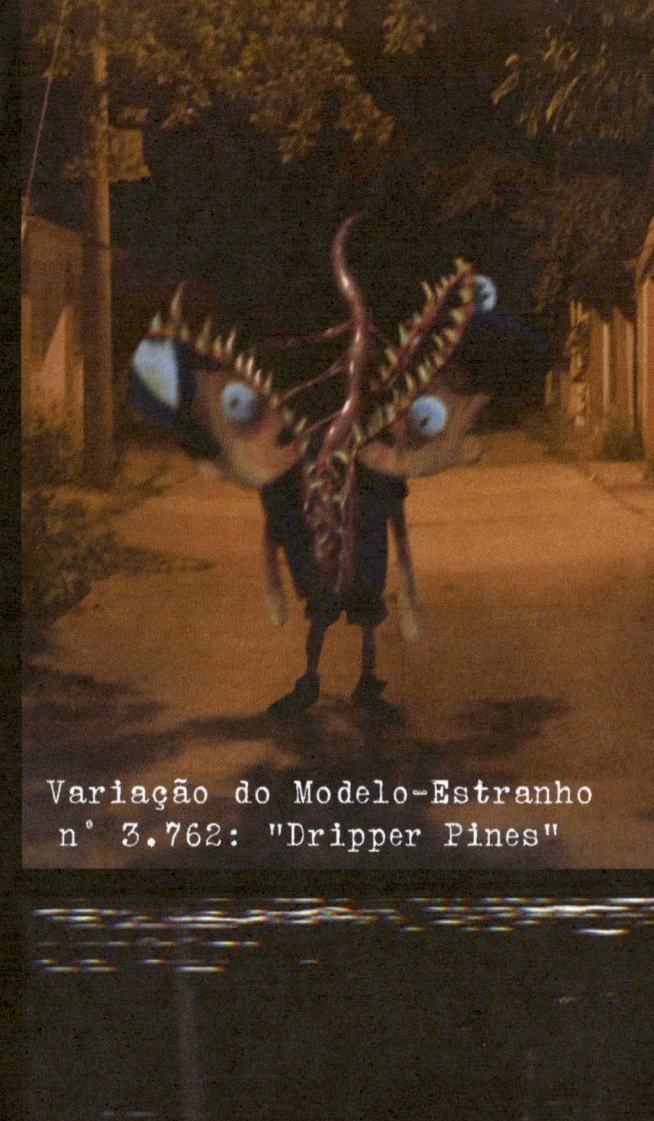

05:01:07   6/12/12   28·83inHg   62°F

DAVID LYNCH

Apesar dos rumores, ele não mora em Los Angeles, mas, sim, em um labirinto inescrutável nas profundezas da dimensão do espelho! Dizem que você pode invocá-lo com uma xícara de um bom café forte e um agente muito persistente, mas o Sr. Hollywood sempre evita minhas ligações!

O LADRÃO DE OLHOS

Esse cara adora roubar olhos! Olhos azuis, castanhos, não importa! Se você tem dois olhos no seu crânio, o Ladrão de Olhos quer arrancá-los! Ele só aparece em 1 entre 33 espelhos, então talvez você não precise se preocupar. Mas é melhor nunca mais piscar, só por precaução, porque é aí que ele ataca. Na verdade, o cara é bem divertido. Dei o seu endereço para ele! Ouviu alguém batendo na porta?

O REFLEXORCISTA

Se algumas das criaturas mencionadas escaparem do controle, conheço um camarada que você pode chamar para prendê-las de volta no espelho. (Ele me deve um favor.) O velho Reflexinho tem um apito que pode rachar qualquer superfície, uma pele impossível de cortar, constituída de cicatrizes e ele é imune a Reflectoplasma. Não existe espelho que ele não possa quebrar, física ou psicologicamente. Apenas não olhe direto para o rosto dele. NUNCA, nunca olhe em seu rosto.

TOBY DETERMINADO

Não consigo provar que veio daqui. Mas faz sentido

A DIMENSÃO DO ESPELHO

Todos os espelhos são um portal para a DIMENSÃO DO ESPELHO, uma antirrealidade invertida que abriga lendas urbanas e ao menos uma das minhas ex-namoradas. Pronto para olhar através do espelho?

A LOIRA DO BANHEIRO

A Loira já estragou mais festas do pijama do que irmãos mais novos e cólicas combinados. Apenas diga o nome dela três vezes no espelho e se prepare! Eu e a Loira costumávamos formar uma grande equipe! Mas ela bloqueou o meu número por alguma razão, e NÃO vou revelar o motivo publicamente!

INVERTIDO HORIZONTAL

Esse cara é o PIOR. Um diabinho-do-espelho egocêntrico que só fala com charadas, o Invertido sempre faz o exato oposto de qualquer coisa que ele ouvir, então, se você disser, "o Invertido Horizontal NÃO é um otário", ele dirá "o Invertido Horizontal É um otário...". Ah, droga," e evaporará em seguida. Eu queria saber se ele tem o número novo da Loira... não que eu me importe!

DISMÓRFIO

Você odeia a sua aparência no espelho? A culpa é do Dismórfio! É ele quem te convence a não sair de casa porque sua cara "tá esquisita hoje." Não caia nessa! A verdade é que você É MESMO esquisito, mas acontece que TODO MUNDO também é! Portanto, você deveria ASSUMIR! Encare o espelho todos os dias e diga:

"SOU UMA CRIATURA REPULSIVA DE FEIURA INCOMPREENSÍVEL, GROTESCO ALÉM DO IMAGINÁVEL! EU DEVORO A SUA AVERSÃO! EU SOU A REPUGNÂNCIA ENCARNADA E A VERGONHA NÃO PODE ME CONSUMIR."

Em seguida, quebre o espelho com a sua TESTA para MOSTRAR A ELE QUEM É QUE MANDA!

CANUDINHOS MALUCOS

Ei, olha só, aqui está minha coleção de canudinhos malucos! Haha! Eles são tão malucos! Caramba, eu amo essas coisas! Que boa mudança de ares, né? Ouça esse tambor de aço! Cara, que página legal. Nada para ver aqui, só canudinhos malucos. Cortei a página na qual eu falaria sobre Shermie Pines, mas valeu a pena!

Hamrdgr / eloc

ÊÊÊ

Rfxoxpwmjhwh / txh txhu fhjdu vhx sdflhqwh

212 1911 / 25 249

16 542

221

112 735

18 1317

120 2257

114 1831

FATO DO BILL: Quando você usa algum desses para matar, eles se tornam "canudinhos mortais".

Bom, cara, você ESTRAGOU TUDO! Dizem que é melhor prevenir do que remediar, mas você conseguiu não fazer nenhuma das duas coisas! Tenho uma visão do seu futuro — a sua aversão a riscos vai fazer você conseguir um emprego como gerente intermediário em uma fábrica de mostarda em Lewiston, Idaho, você vai se casar com alguém moderadamente atraente, ter quatro filhos sem graça cujos nomes vai esquecer com frequência (Gurvis, Horvin, Borley e Smunt) e vai passar o resto da vida lentamente sendo sufocado por um desespero silencioso, seus sonhos e esperanças se tornando cada vez mais distantes e difíceis de lembrar a cada dia que passa, até que de repente você estará varrendo as folhas na frente da sua casa cinzenta e verá uma placa triangular de trânsito.... O formato vai fazer uma parte distante de você se lembrar... de que poderia ter tido mais.... À medida que sua mente se ilumina com uma última centelha de esperança, você não ouvirá o caminhão em alta velocidade. A pessoa escrevendo o seu obituário ficará tão entediada que vai adormecer em cima do teclado e digitar "A VIDA DE TTT/\&FFUFFFFFFFF---------." Ninguém vai notar o erro de digitação.

NÃO APERTE A MÃO DO BILL!

r txhuld wrpdu / d phqrv txh

irvvh pdoxfr

R grxwru glc / wuhv jrohv sru gld / jdl / idchu dv ylvrhv / vxpluhp

ÊÊÊÊÊÊÊÊÊÊÊÊÊÊÊÊÊÊÊÊÊÊÊÊÊ

21 1704

23 1551

26 2001

CÓDIGOS

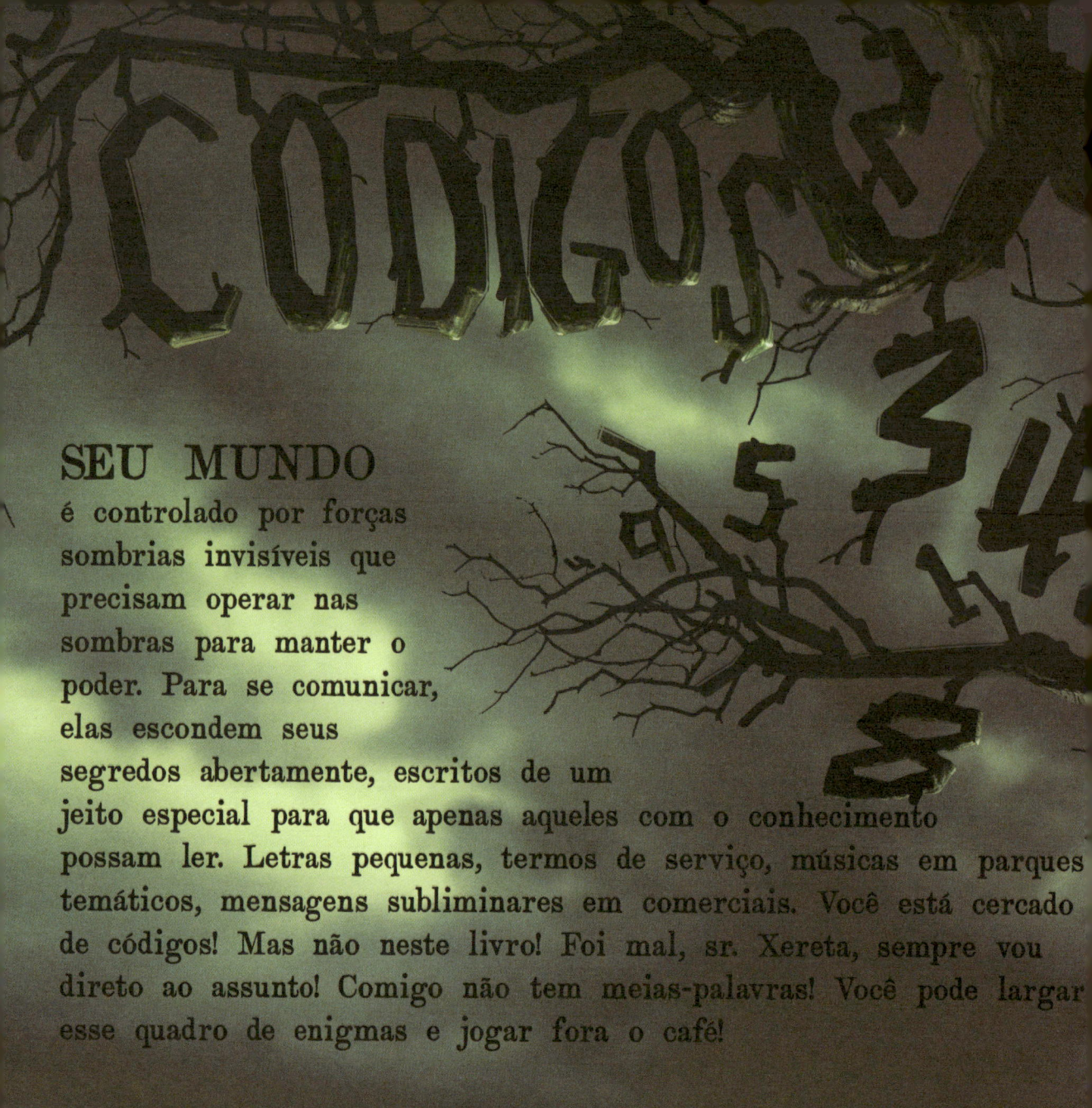

SEU MUNDO é controlado por forças sombrias invisíveis que precisam operar nas sombras para manter o poder. Para se comunicar, elas escondem seus segredos abertamente, escritos de um jeito especial para que apenas aqueles com o conhecimento possam ler. Letras pequenas, termos de serviço, músicas em parques temáticos, mensagens subliminares em comerciais. Você está cercado de códigos! Mas não neste livro! Foi mal, sr. Xereta, sempre vou direto ao assunto! Comigo não tem meias-palavras! Você pode largar esse quadro de enigmas e jogar fora o café!

ESTE LIVRO NÃO TEM CÓDIGOS

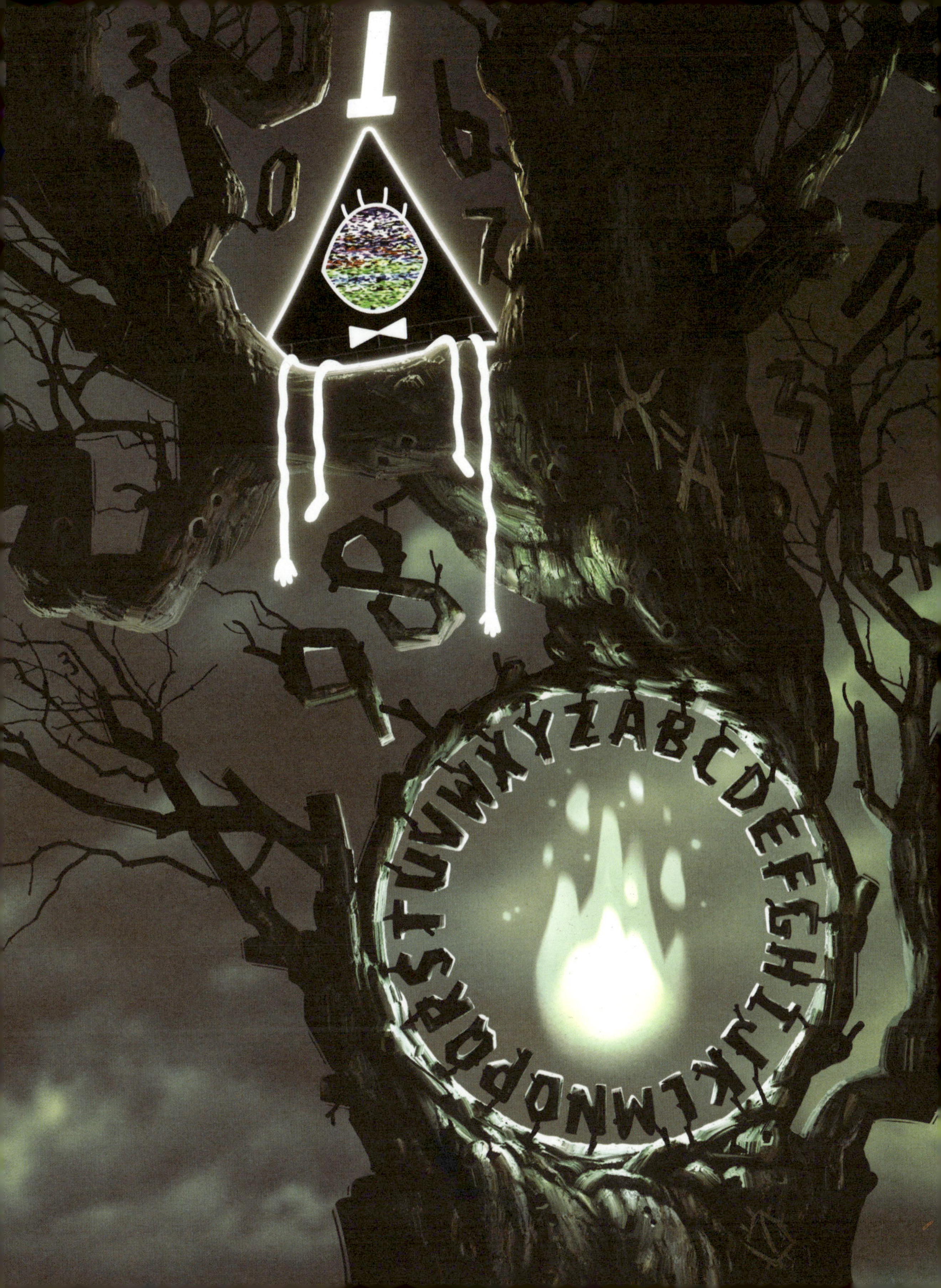
ABCDEFGHIJKLMNOPQRSTUVWXYZ

MINHAS HORRÍVEIS CABEÇAS

Esta é minha coleção de rostos distorcidos! ELES NÃO SÃO LINDOS? Como recompensa por ser um discípulo tão bom, que tal se eu redecorar o rosto de UM de seus inimigos, por conta da casa! É só escrever o nome dele aqui e escolha uma das opções mais pedidas! Nossa, se você pudesse ouvir os sons que essas cabeças fazem. É MUITO PIOR do que você está IMAGINANDO!

MEU INIMIGO É:

- O Amassado
- Fatias Finas
- Sr. Redemoinho
- Retrovisor
- Berrante
- Cabeçardo

Sonhos

Parece que você cochilou! Bem-vindo ao PLANO MENTAL, uma porta dos fundos secreta que conecta todas as consciências. Sempre que você começar um ciclo R.E.M., um túnel se abre na sua mente e leva até o meu quintal. Se você dormir com este livro debaixo do travesseiro, posso até aparecer hoje à noite! As lições sobre sonhos lúcidos começam às 3:33 da madrugada — programe o seu alarme para nunca tocar! Sou um dos poucos VIPs que têm as chaves para esse porão dos sonhos e já vi coisas que você não acreditaria. Já que eu e você somos bons amigos, aqui vai uma espiada dentro de algumas mentes familiares...

✋ O Seis Dedos sonha com uma prova surpresa que pergunta: "O que atrai você?". Geralmente, ele responde: "Sou atraído por lógica e preparação". Nem sei como chamar isso! Planossexual?

☄️ Alguns dos MELHORES sonhos do PLANO MENTAL! Uma mistura entre Hieronymus Bosch e Lisa Frank! Mas tem pesadelos constantes sobre não conseguir salvar a vida de um porquinho...

🧊 GELO — Quase todos os sonhos são sobre sua mãe. Foi mal, Pinheiro!

🌲 Pesadelos recorrentes sobre ouvir uma discussão que ele não deveria ouvir entre seus pais. Por que você acha que os dois estavam com tanta pressa para mandar as crianças de férias no verão?

❓ Seu PLANO MENTAL é uma inquietante mistura de filmes dos anos 1980, videogames e pudim que come VOCÊ. Com frequência, sonha sobre mudar seu sobrenome para "Pines". A namorada dele não vai gostar disso.

🦙 Pesadelos sobre tentar limpar sangue das mãos, ter mais de cem metros de altura e acidentalmente esmagar a cidade. O fantasma-lenhador ainda fala com ela de noite...

💗 Sonhos sobre a cor original de seu cabelo.

🐟 Sonhos intermináveis sobre a época do colégio, sobre seu irmão preso dentro de um experimento da feira de ciência...

⭐ Ainda sonha com aquela roupa de marinheiro. Ele ADORAVA aquela roupa.

BLUBS
Apenas sonha com Durland.

DURLAND
Apenas sonha com Blubs.

QUER OLHAR UM POUCO MAIS DE PERTO?

LEMBRANÇAS VERGONHOSAS

Ah, o Pinheiro! Já vi essa pilha de nervos e acne de dentro para fora, e ele tem humilhações pessoais suficientes para me entreter para sempre! Se você acha que um semideus imortal não se divertiria assistindo à desgraça de um garoto de doze anos, VOCÊ ESTÁ ERRADO! Alguns destaques negativos:

- A vez em que ele percebeu que o zíper ficou aberto durante os três dias do Estranhagedon. Todo mundo notou. Ninguém disse nada. O apelido dele no grupo de chat da Mabel, da Tambry e do prefeito Tyler é "Zipper Pines".

- Entupiu a privada na Mansão Noroeste e culpou "o fantasma".

- Subiu em uma árvore com a Wendy! Os bombeiros precisaram ser chamados para tirá-lo de lá.

- Cheirou a blusa de gola alta do Ford, ficou com o braço e a cabeça presos lá dentro, acidentalmente se colou no Abominável Homem-Mano. Os bombeiros precisaram ser chamados para tirá-lo de lá.

- Não importa onde ele se posicione em um campo de beisebol, a bola sempre atinge sua cara. Parece mágica. Como ele consegue isso?

Haha! TRAUMA!

- Ele se esqueceu de apagar o histórico no computador do Soos, e a Mabel viu TUDO isso.

- Conheceu sua alma gêmea anonimamente conversando no site "Solteiros da Conspiração" e ficou devastado quando descobriu que "FãDaCabana2000" era, na verdade, Soos.

- Caindo nas minhas PEGADINHAS DOS SONHOS! Eu transmitia esses "spoilers" falsos da "identidade do autor" diretamente para sua cabeça todas as noites… e ele caía em TODAS!

Imagine ser ingênuo assim! Alguma parte do Pinheiro ainda acha que "GORNEY É O AUTOR".

NETNERD surfe nessa net radical! Só não se afogue!

Arquivo Edição Favoritos Opções Nova Janela Ajuda?

VOLTAR AVANÇAR HOME ATUALIZAR IMPRIMIR PESQUISAR PESQUISA SEGURA PARA MENORES: OFF

Endereço: htttp2://www.busquetudo.acherespostas.blom

Notícias Paranormais | Receitas | Tutorial Fantoche de Meia | Tutorial Truques de Mágica | Arte em ASCII de porcos

BUSQUETUDO

Wendy Corduroy Instagrab
Fotos online Wendy
Garotas lenhadoras
deletar histórico de busca para sempre
Bebi café coração sensação estranha morrendo?
Dipper Pines + Descolado + O que as pessoas estão dizendo
Truques convincentes para falso pelo no peito
remover pelo de cabra colado no peito urgente
é aceitável usar a mesma bermuda por uma semana?
Lançamento mais recente BABBA
normal não ter amigos?
É possível matar fantasma?
matar fantasma cria duplo-fantasma?
é saudável sentir atração M&N verde
M&N verde sorrindo para mim
sinais de doença de Lyme
tutorial de sousafone
Protetor solar FPS 100 para pele ultrassensível sem lágrimas
fóruns cristal
o fnurby da minha irmã está assombrado?
como impedir tio sonâmbulo de olhos abertos é muito assustador
é imoral comer monstro de açúcar? (estava vivo)
histórico prisão stan pines
vela aromática de cola quente presente para irmã
mensagens subliminares em desenhos animados
a minha voz está ficando mais fina?
puberdade ao contrário
puberdade ao contrário é real?
gosto plutônio
Garotas que gostam de quebra-cabeças elaborados
resposta do Como-é-que-pode-edron
Eu sou o personagem secundário?
"Dipper Pines Secundário"
tamanho circunferência normal cabeça
pensei ter visto lua piscando
a lua está viva? é sério
idade Soos Alzamirano Ramirez?
grupo de apoio medo de triângulos
grupo de apoio troca de corpo com irmã
grupo de apoio meu tio me vestiu de "garoto lobo sem camisa"
palavras inteligentes para impressionar pessoas na conversa
cultivar dedo extra impressionar tio?
primeiro beijo foi Sereio isso conta?
não consigo tirar glitter da irmã das roupas
tensão no lar glitter excessivo
vídeo concurso miss Pacífica Noroeste
Toby Determinado o que ele é
CIA você está lendo isso agora?
Para a CIA: essas buscas eram todas falsas só para testar a prontidão dos seus agentes. Vocês passaram. Agora podem apagar meu histórico de busca
coceira do colete
eliminar coceira do colete
vivendo com coceira do colete

Agora ESSA é a MINHA GAROTA! Uma agente do caos envolvida em um exoesqueleto de lã bonitinho, ela molda tiaras E a realidade para seus CAPRICHOS ENSANDECIDOS! Seus dentes têm farpas afiadas de metal que conseguem cortar canetinhas coloridas, sua "voz normal" consegue romper canais auditivos e ela em pessoa foi capaz de ascender até o plano astral apenas ao comer açúcar vencido! O Pinheiro era fraco demais para se juntar a mim, mas o amor da Estrela Cadente pelo caos me fez pensar se algum dia ela poderia ser convencida a pular para o meu lado. Alguns dias antes do Estranhagedon, saltei para dentro dos sonhos da garota, pronto para oferecer um acordo.

Por um infortúnio, sua mente tinha cartazes de PROCURADO com a minha foto por toda parte — só porque possuí o irmão dela em certa ocasião! É um pouco hipócrita, considerando que ela também possuiu o Pinheiro uma vez! Eu precisava de informações para convencê-la, mas a SALA DAS FANTASIAS SECRETAS de sua mente era protegida por seguranças. **Isso mesmo, Craz Zazzler e Xyler Q. Blaze,** dois surfistas tontos com histórias tão confusas que ninguém sabia se eram irmãos, maridos ou clones. Para ganhar a confiança dos dois, eu me transformei em **"Tá-de-Boa Cipher"**, um "garoto humano que adora ser radical e ter o número certo de olhos". Craz e Xyler ficaram intrigados com meus truques do skate (quando comi meu skate), mas me desafiaram a provar minha confiabilidade ao me juntar a eles em uma... montagem para fortalecer nossa amizade! **UGHHHHH**

Uma dica sobre montagens: você não pode lutar contra isso. Quando ela começa, você tem de deixar seu corpo inerte e aguentar os jogos de vôlei, depilar o peito, chicotear com toalha molhada, sujar o nariz um do outro com iogurte, ensinar um dinossauro de óculos escuros a acreditar em si mesmo, ousar dizer não às drogas e participar de campeonatos de surfe até a música parar.

Finalmente, eles concordaram que eu era "da hora" o suficiente para ver as FANTASIAS SECRETAS da Mabel e abriram um armário escondido revelando... um CD? Era o álbum *Fantasy*, da Mariah Carey?!

ERA SÓ ISSO? COMO EU PODERIA MANIPULAR A ESTRELA CADENTE PARA DESTRUIR A FENDA INTERDIMENSIONAL COM ISSO?!? Tomado pela raiva, DERRETI A CARA DO CRAZ USANDO A MINHA MENTE. Mas ela cresceu de novo: mais bonitão do que nunca.

"Isso tem as respostas para tudo, mermão!", **Craz disse.** "Quando a Má-Má fica tristinha, ela coloca o fone de ouvido e se refugia em sua linda fantasia." "QUAL É A FRAQUEZA DELA?", gritei, com meu colar de conchas pegando fogo de tanta raiva. Os dois fizeram biquinho para mim, como filhotinhos confusos. Respirei fundo e passei a mão no meu único cabelo loiro. "O que faz a... Má-Má... ficar desse jeito... tristinho?"

Eles baixaram a cabeça sabiamente. "O fim do verão, meu truta. O fim de tudo, mermão. Ela faria qualquer coisa para ter só mais um dia. Talvez até algo IMPETUOSO e que NÃO COMBINA MUITO COM ELA, sacou?"
"Isso transformaria o clima de bacana pra tenebroso!". "Pode crer, isso seria Mariah Medonha!"

E terminou aí. A Estrela nunca faria um acordo comigo, mas faria um acordo com quem acreditasse que poderia dar mais tempo a ela. O sonho tinha acabado. Eu a tinha nas mãos.

A Estrela Cadente não foi o único cérebro que invadi antes do Estranhagedon! Depois que eu e o Seis Dedos não estávamos mais compartilhando o mesmo cérebro, decidi visitar o capanga *dele* para ver se o professor seria maluco o bastante para aceitar meu acordo! Isso... foi um erro.

Já espiei as almas de homens enlouquecidos, mas essa foi a primeira vez que estive dentro de uma mente EM COLAPSO, tal qual uma ESTRELA DE NÊUTRONS. Faltavam décadas de lembranças. Cacos de danos emocionais voavam como balas de revólver. Uma parte desesperada dele parecia tentar se curar, querendo soldar as próprias lembranças de novo, igual a um de seus robôs. Mas, graças aos anos usando o próprio raio cerebral em si mesmo, a mente dele estava embaralhada de um jeito que nem eu conseguia compreender.

Uma única fagulha do inferno de lembranças caiu em meu braço, e um buraco queimou na pele como um laser atingindo manteiga. Pela primeira vez senti um tipo de dor que não era hilário. Ouvi solos de banjo suficientes para durarem mil vidas. Saí de lá e nunca mais voltei!

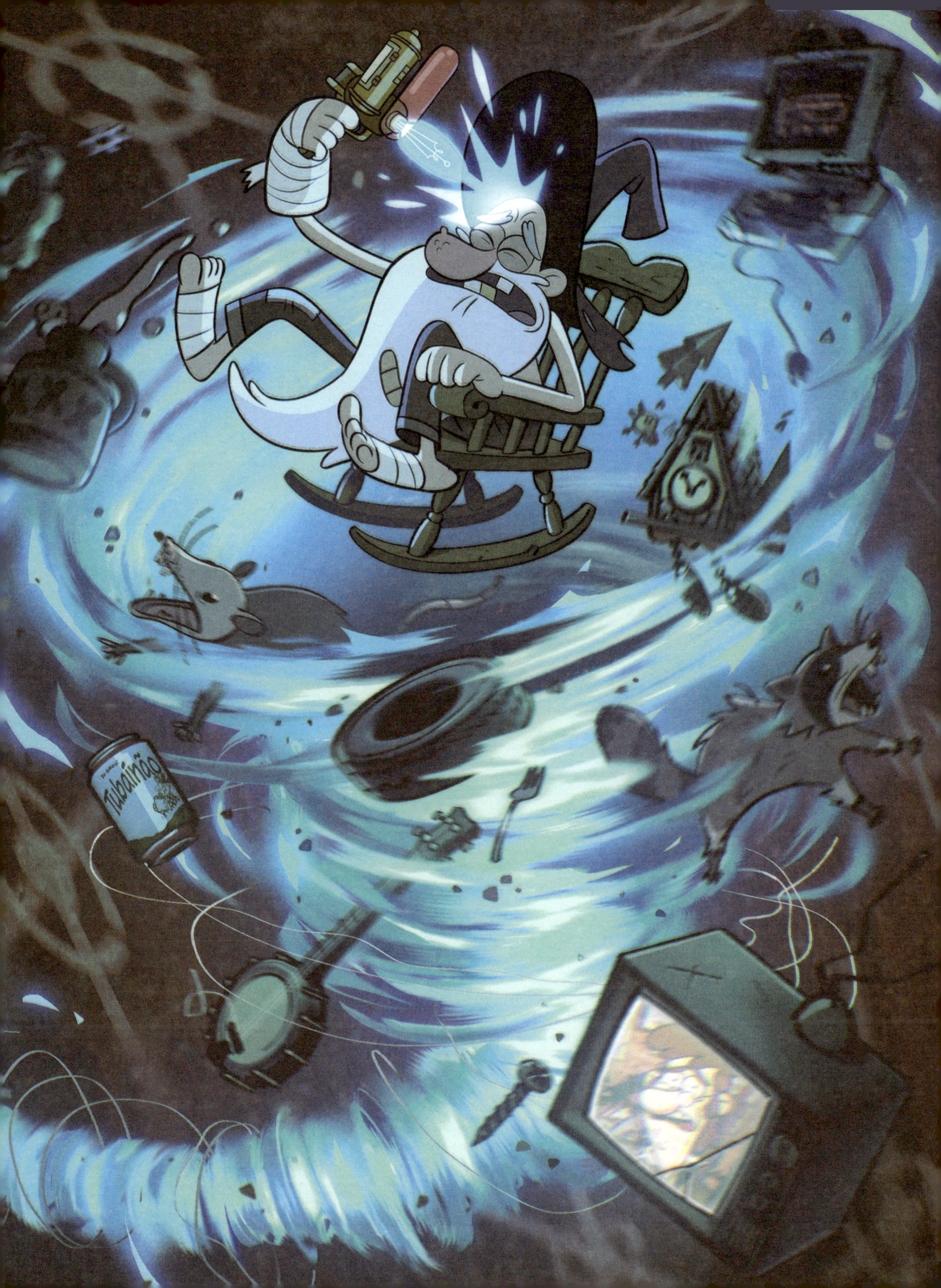
Tubainão

O sentido da vida

Vou direto ao assunto, meu chapa! O universo desvairado que te vomitou não imaginava que você fosse se tornar esperto o bastante para começar a se preocupar com o seu "sentido". Ele só queria que você fizesse bebês e depois deitasse no caixão. A vida não se importa com o seu sentido, então por que você deveria se importar com o sentido dela? No máximo, a vida é sua inimiga. Crie o próprio sentido e DESAFIE a vida a PARAR VOCÊ! Quando se trata do sentido da vida, não existe nenhum! E isso é uma boa notícia! Porque significa que você mesmo precisa decidir qual é esse sentido!

PORTANTO, O SENTIDO DA VIDA É...

[_____]

QUALQUER COISA QUE VOCÊ ESCREVER AQUI!
É SIMPLES ASSIM!

De onde eu venho, todos apenas seguem qualquer sentido que lhes foi dado, como formigas cegamente pisoteando os cadáveres umas das outras em busca de açúcar. Aprendi desde cedo que, se eu fosse conquistar algo na vida, seria preciso descobrir meu próprio sentido. Talvez você entenda melhor quando eu lhe contar a minha história — do meu nascimento à minha morte. Então, prepare-se!

Minha História

OS PRIMEIROS ANOS

Vamos esclarecer uma coisa: é impossível para a sua mente 3D processar meu mundo nativo 2D, a menos que você beba leite azedo enquanto olha por um caleidoscópio. Mas, já que somos amigos, vou projetar uma imagem diretamente no seu cérebro. **Uma foto minha bebê! Fofo, né?!** Eu tinha um tênis de velcro que fazia um barulhinho quando eu corria! Todos me amavam à primeira vista; o prefeito me nomeou o "melhor bebê de todos os tempos", fez do meu aniversário um feriado e distribuiu facas de graça.

Olha, sei que você quer uma história trágica que me humanize e deixe minhas farpas mais fáceis de digerir, mas, se você busca um triângulo em busca de profundidade, está procurando no tratado errado! **A verdade é que sempre fui amado e admirado por todos!** Mas ser especial tem seu preço. Veja bem, eu não era apenas mais esperto do que todos os trapezoides e losangos aspirando meu precioso oxigênio. Eu tinha um dom, uma mutação rara:

EU PODIA ENXERGAR A TERCEIRA DIMENSÃO.

Mais ninguém na minha realidade bidimensional entendia o que eu estava falando quando eu dizia que tinha uma direção chamada **"para cima"**. Enquanto todos batiam cabeça igual formiga em um terrário, eu podia enxergar um mundo de infinito potencial além da poça de mingau sem graça que era a minha realidade. Olhei para cima e vi estrelas. **E eu estava pronto para ser uma.**

Tecnicamente, falar sobre uma "terceira" dimensão era ilegal no meu mundo. Mas eu sabia que todos ficariam gratos se pudessem se libertar das ilusões!

TINHA CHEGADO A HORA DO SHOW!

Criei um plano para mostrar a todos o que eles estavam perdendo! Eu simpl[...]

[...] seus gritos aumentavam

cada vez mais

[...] mandíbulas

[...] minhas mãos, tremendo quando percebi que eu nunca poderia desfazer

[...] Foi o último que ainda respir[...]

[...]pisódios de *Eu, a Patroa e as Crianças*

[...] até que não restou ninguém além de mim, coberto de sangue, sozinho no universo.

Hum, que estranho! Por alguma razão, sempre que tento falar sobre esse dia, aparece um zumbido no meu ouvido e desmaio por uns trinta segundos. Bom, podemos voltar a isso depois. O importante é que me libertei da minha terra natal sufocante e também libertei todos os outros, todos me adoram por causa disso e todo mundo ficou bem! E é só o que tenho a dizer sobre essa história! A nova dimensão para onde escapei tinha uma vaga para o papel de "Soberano Galáctico". Humilde que sou, aceitei!

Conheça a tripulação

Sem leis consistentes (da Física ou jurídicas), meu novo espaço entre espaços era a dimensão perfeita para eu conquistar! Mas todo pirata precisa de uma tripulação. Juntar-se ao meu clube era fácil — bastava passar pela iniciação, ser marcado a ferro, cortar todas as conexões com sua vida anterior e lutar até a morte em uma piscina de bolinhas gigantes pela minha lealdade. Você sabe — uma família! Logo as criaturas mais estranhas da realidade estavam fazendo fila para cair na minha caçapa.

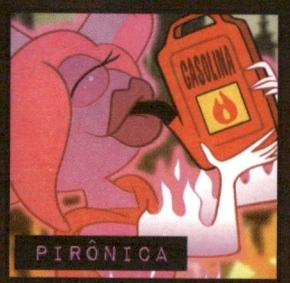

CAPANGAMANÍACOS

Junte-se à Família!

PIRÔNICA

HABILIDADE: Física quântica E incêndios. Ela é uma piro-nerd!
ORIGEM: Dimensão da Tabela Periódica.
CONHECIDA POR: Ser uma modelo que ateou fogo na cidade depois de ficar em segundo lugar no concurso de miss. Derreteu os policiais metálicos que a perseguiam. "Você nunca vai me pegar viva, seu bronzeado!"
SONHO: Fincar raízes, começar uma família. Brincadeira! Ela quer queimar o universo inteiro/ser entrevistada no *Gostosas*/seduzir alguém da Esquadrilha da Fumaça só por diversão.
ARQUI-INIMIGO: Sua irmã gêmea, Hidrônica.
EX-NAMORADOS: Um marshmallow, um espantalho, Hectorgon.
FRAQUEZAS: Um pesado tapete antichamas.
SENTENÇA DO JUIZ: Tudo o que ela toca "derrete como manteiga". Legalmente declarada "areia demais para o seu caminhãozinho".

BOLA-8

HABILIDADE: Os músculos.
APELIDO: Ocho Loco.
DIETA: Alimenta-se principalmente de caçadores de recompensas.
ORIGEM: Desconhecida. Abandonado pela família. Encontrado acorrentado na prisão do Casino Lottocron 9 comendo contadores de cartas.
TRUQUE DE FESTAS: Pode remover os próprios olhos e jogá-los como dados, enxerga 8 segundos no futuro.
SONHO: Apresentar um podcast no qual tenta descobrir o que é um podcast.
VICIADO EM: Resina de taco de sinuca.
SEGREDO: Completamente apaixonado por Pirônica, sempre acaba queimado.
CITAÇÃO: "Hãã, o que é uma citação? É de comer?"

DENTES

FUNÇÃO: O bichinho de estimação. Todos nos revezamos decidindo de quem é a vez de levá-lo para fora na hora das mordidinhas.
HABILIDADE: Força da mandíbula consegue morder até titânio. Também consegue contar até 6. Bom garoto!
ORIGEM: Estava abandonado em um balde de quebra-queixos.
VERGONHA: Depois de encontrar uma coisa que não conseguia quebrar ao morder, ele teve um colapso dental. O Bola-8 conseguiu tirá-lo da depressão emprestando seu cobertor pesado feito de matéria escura.

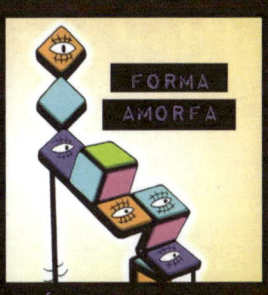

FORMA AMORFA

FUNÇÃO: Distração.
ORIGEM: Um dia simplesmente apareceu no nosso sofá. Nunca mais foi embora.
HABILIDADE: Não está evidente. Ninguém consegue entendê-la, e respeito isso! Pode ser uma artista? Ou uma obra de arte?
VISÍVEL APENAS PARA: Eu, Bola-8, pessoas que tomaram DMT.

DAN CARANGUEJO

FUNÇÃO: Ele pensa que é meu advogado, mas, na verdade, é o bode expiatório. Eu o estou enganando e ele tem assinado meus documentos há anos. Se algum dia a lei vier atrás de mim, o Caranguejo vai estar frito!
CITAÇÃO: Feliz por fazer parte da equipe!

BURACO DE FECHADURA

FUNÇÃO: Espião, chaveiro, alvo de pegadinhas. Nosso Thompson.
ORIGEM: Guarda do Cofre do Infinito, onde são guardados os segredos do universo. Foi flagrado tentando arrombar a própria cabeça para "roubar os próprios pensamentos".
SONHO: Reunir sua banda do colégio, o Portas da Decepção (que teve uma horrível fase emo).
SERÁ: O primeiro a me delatar.
VERGONHA SECRETA: A senha do seu notebook é 123senha.
ODEIA A PIRÔNICA.

E MAIS!

XANTHAR: Divindade lovecraftiana/veículo de fuga.
HECTORGON: Começou como xerife, perseguindo-nos, mas largou o distintivo e se juntou a nós.
KRYPTOS: Escreve meus enigmas.
ABAJUR DE LAVA: Mestre dos disfarces.
VACILÃO: Informante secreto. Não sabe que nós sabemos. Nós lhe damos pistas falsas e não o deixamos entrar no grupo de chat. Ele finge que não fica magoado, mas obviamente fica.
PACÍFOGO: Logística/masoquismo.
TONY TRÊS-PERNAS: É uma piada, porque ele é só uma perna senciente!

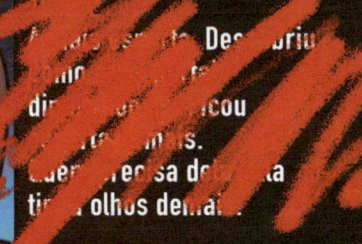

NÃO É IMPORTANTE

Por mais diferentes que sejam, todos esses excluídos, rejeitados e órfãos dimensionais procuravam um lar de verdade e, mais importante, um propósito. E que melhor propósito do que um roubo planejado - do MULTIVERSO INTEIRO! Tínhamos um plano: esmagar a realidade, construir nossa sede com seus ossos, criar um lugar que poderíamos governar e NUNCA OLHAR PARA TRÁS!

OS BONS TEMPOS

Você já foi o temido deus-rei de seu próprio Reino do Pesadelo? Recomendo muito essa experiência! Libertei prisioneiros de correntes, pacientes mentais de asilos e dólares de cofres de banco, e eu era amado por tudo isso! Logo me tornei o ser mais temido em qualquer realidade, e meu terror-tório continuava se expandindo!

DESTAQUES DOS MEUS DIAS DE GLÓRIA

- Fiz dois planetas colidirem para eles "se beijarem".
- Observei um cilindro de barbearia por dois bilhões de anos.
- Descobri um elemento químico que faz autoridades dimensionais explodirem (MataPorcum) e construí um clube com isso.
- Observei a recompensa pela minha captura aumentar cada vez mais!
- Ofereci o Baile do Reino do Pesadelo (Número de mortos: 300).
- Lancei meu disco de Natal. Era bem ruim!
- Depois de apagar, acordei e descobri que tinha conquistado outra dinastia! Dá-lhe EU!

SAQUE

FUGA

QUANDO A FESTA ACABA

Infelizmente, as pessoas nunca sabem que estão vivendo seus anos de glória até que eles acabam. Lembrem-se disso, crianças! Hoje é o ontem de amanhã, então aproveite a pré-nostalgia enquanto está na ativa!

O problema com o Reino do Pesadelo é que a mesma falta de leis da Física que o tornou tão divertido também fez com que ele estivesse aos poucos se desfazendo, ficando instável, seguindo para um colapso completo. Uma hora ou outra acontece com toda realidade — a Força do Tédio, conhecida pelos cientistas como "entropia", pelos artistas como "esgotamento", pelos pretendentes como "silêncios constrangedores", estava chegando para nos destruir. E qual foi a forma que tomou dessa vez?

O HORIZONTE DA REALIDADE

Ninguém sabe como começou, mas esse horizonte estava se aproximando do nosso clube a cada segundo. Em um trilhão de anos, quem não estivesse protegido em uma dimensão estável quando o horizonte passasse seria apagado da realidade no mesmo instante. Como uma série de TV retirada de um serviço de streaming sem nenhum aviso... seria como se nunca tivesse existido.

Meus novos amigos ficaram com medo. Eles queriam que a festa continuasse para sempre. E eu levo muito a sério ser o anfitrião das festas!

Estava cada vez mais evidente que tinha chegado o momento de dizer adeus para nosso querido Reino do Pesadelo. Isso significava que precisávamos encontrar um novo universo para realocar nosso caos. E havia um universo, e um planeta em particular, muito suscetível a uma conquista. Só tinha um probleminha. Certo, era um problemão.

PERDEDORES

UM PEQUENINO PROBLEMA

Foi o seguinte: na nossa dimensão, tinha um GUARDIÃO. Era o cretino do CHRONELIUS INFINITUM TITANICUS, o Infinito, conhecido como "Bebê do Tempo". Seus capangas patrulhavam um raio de um bilhão de anos ao redor do perímetro temporal da Terra, mantendo o bebê seguro no topo de seu trono no ano de 20712. Isso significa que, se eu quisesse a Terra, precisaria arrancá-la dos dedos gordos igual salsicha desse bebê.

SOBRE O BEBÊ IDIOTA:

IDADE: 2 bilhões de anos (os "terríveis dois-bilhões").

PESO: 600 toneladas. (Imagine dar à luz essa coisa! Foi mal, mamãe!)

ORIGEM: O último sobrevivente de uma extinta raça de Crono-Gigantes incumbida de controlar todo o Tempo. Chupeta nenhuma consegue acalmá-lo.

PODERES: Pode parecer fácil superar um bebê, mas esse aí tinha o próprio exército e era capaz de envelhecer alguém ao contrário com uma bomba do tempo, "pausar" você eternamente ou estragar seus planos antes mesmo de pensar neles. E nem tente entrar na mente do cretino! O cérebro dos bebês não tem permanência de objeto, então, se eu andasse dentro da cabeça dele, eu seria apagado no momento que o bebê visse um molho de chaves sendo chacoalhado!

Ofereci um acordo ao Gorduchinho. Afinal de contas, não éramos assim tão diferentes! Éramos divindades órfãs que adoravam comandar exércitos e odiavam calças. Se ele me deixasse conquistar esse pequeno planetinha, eu prometeria parar com os terrores noturnos nele. Talvez eu até pudesse dar uma garrafinha extra de suco de vez em quando, desde que ele prometesse não ficar agitado demais com isso. Enviei uma mensagem telepática pedindo ao bebê para me encontrar fora da linha do tempo, a fim de discutir minhas exigências.

Isso o deixou... mal-humorado.

ALERTA DO BEBÊ DO TEMPO

BILL CIPHER
CRIMINOSO
SÁDICO, AMARELO, CULPADO

BILL CIPHER
RISO
SIMULADO

16-15-4-5 4-9-19-20-15-18-3-5-18 14-1-18-18-1-20-9-22-1-19 16-18-15-20-5-10-1 1 17-21-1-18-20-1 16-1-18-5-4-5

ATENÇÃO, TODOS OS AGENTES DO TEMPO! EU ESTAVA DEITADO NO MEU BERÇO DA DOMINÂNCIA, OBSERVANDO O MÓBILE DA PROFECIA, QUANDO SENTI UMA ANOMALIA.

SEU NOME É BILL CIPHER, E ELE É A ÚNICA FORMA COLORIDA QUE EU NÃO GOSTARIA DE COLOCAR NA BOCA. ESSE PATIFE BIDIMENSIONAL FOI AVISTADO QUEBRANDO AS LEIS DA REALIDADE E FUGINDO PARA AS ÁGUAS INTERDIMENSIONAIS, ONDE PLANEJA A DESTRUIÇÃO DE NOSSO MUNDO. ELE TAMBÉM ME CHAMOU DE "GORDUCHINHO".

SEI QUE ESTA NOTÍCIA É DIFÍCIL, MAS PRECISAMOS NOS NUTRIR NA MAMADEIRA DA VERDADE, MESMO SE NOSSA BARRIGUINHA DOER DEPOIS E TIVERMOS QUE BALANÇAR OS BRAÇOS EM PEQUENOS CÍRCULOS. AGORA, MAIS DO QUE NUNCA, PRECISO QUE VOCÊS APOIEM NOSSO IMPÉRIO, ASSIM COMO MEU PESCOÇO MAL CONSEGUE APOIAR MINHA ENORME CABEÇA!

ESTOU BATENDO NA MESA COM MINHAS PALMAS! NÃO DESCANSAREI, NÃO LIMPAREI O MOLHO DE MACARRÃO NO MEU ROSTO, ATÉ QUE CIPHER SEJA LEVADO À JUSTIÇA! TRAGAM-NO PARA MIM! ESTOU ABRINDO E FECHANDO MINHAS MÃOZINHAS! E TAMBÉM ME TRAGAM MAIS MACARRÃO E UM GRANDE ANEL DE PLÁSTICO! NÃO ME QUESTIONEM! EM RESUMO: BUÁÁÁ!

— O ETERNO IMPERADOR DO TEMPO —
BEBÊ DO TEMPO

PS: *COCOMELON* FOI DIVERTIDO HOJE. ELES ME ENSINARAM QUAL O SOM QUE A "VACA" FAZ. VOU LEVAR ESSE SEGREDO SOMBRIO COMIGO PARA O TÚMULO.

TCHAUZINHO, BEBEZINHO

Antes que você pudesse dizer "birra", o Fraldinha e seu exército invadiram o Reino do Pesadelo — e caíram DIRETO na minha armadilha. Como é que é? Você achou que eu iria brincar de esconde-esconde com ele? As leis da Física não funcionam igual por aqui, e meus Capangamaníacos não tinham problema moral algum em bater num bebê. ERA HORA DA PORRADA! Nossa luta destruiu seis planetas e causou picos de radiação que ainda hoje o instituto SETI detecta no radar como estática. O Gorduchinho cuspiu no meu olho, usou meu corpo como mordedor e quase me sufocou na sua bochecha gorda. Mas, no fim, ele não foi páreo para a distração do meu patinho de borracha — nem para o golpe de esquerda do Xanthar.

O Bebê do Tempo foi EXPELIDO do Reino do Pesadelo e CAIU na Terra, criando uma onda de choque que evaporou os oceanos e, no mesmo instante, causou a extinção permanente dos dinossauros. Ooops.

O QUE REALMENTE MATOU OS DINOSSAUROS

O bebê logo foi completamente congelado em uma geleira quando a Idade do Gelo varreu o globo. Os agentes do tempo caíram em desgraça sem um líder. A força das Fitas Métricas do Tempo dependiam da cronocinésia do Bebê do Tempo, então isso deixou os agentes presos em seu próprio século, sendo forçados a esperar até que seu comandante fosse descongelado para servi-los de novo. Como resultado, eu enfim tinha aquilo que aqueles tontos mais valorizavam: tempo.

OLÁ, TERRA

Finalmente era hora do show! Certo, talvez agora você esteja fazendo a grande pergunta: "Bill, como você consegue que seus cílios fiquem tão perfeitos enquanto os meus ficam caídos? O que você está usando? É rímel? Por favor, me ensine a arrasar".

VOU LEVAR MEUS SEGREDOS DE BELEZA PARA O TÚMULO.

Mas você também pode estar se perguntando: "Ei, Bill, se o meu planeta é tão mediano, por que você quer conquistá-lo? É porque, secretamente, você respeita a nobre dignidade do espírito humano?".

HAHAHAHAHHAHAHAHHAHAHAHAHAHHAHAHA
HAHAHAHAHHAHAHAHHAHAHAHAHAHHAHAHA

Ah! Você está fazendo meu rímel borrar!

Não, a única coisa especial sobre a Bola da Decepção (é assim que chamo a Terra) é que, por coincidência, ela está posicionada em um ponto fraco entre as dimensões, como a camada fina e frágil de um *crème brûlée*!

Com o meu Reino do Pesadelo lentamente desmoronando sob o peso da própria grandeza, a sua realidade era a perfeita nova dimensão para mim e meus colegas nos mudarmos. Bastava esperar que as mentes evoluíssem. Pois, onde existem mentes, existem sonhos. E onde existem sonhos... eu existo.

Eu só precisava de uma forma de vida especial para abrir a porta e me deixar entrar... Quem poderia ser?

GRAVITY FALLS, 30000 a.C.

BEM-VINDO A GRAVITY FALLS

Assim como objetos de grande densidade distorcem o espaço-tempo, objetos de grande peculiaridade distorcem a probabilidade, atraindo anomalias. O primeiro descreve a lei da gravidade. O segundo descreve as leis de Gravity Falls.

— Stanford Pines, anotações pessoais

Era verdade! Esse perfeito vale bucólico tinha tudo o que um demônio poderia querer em um novo lar: ar fresco, céu azul e uma fina membrana entre sua dimensão e o Reino do Pesadelo. Ah, e a Orca Terrestre. Você já viu a Orca Terrestre? Adoro aquele cara! (Se você avistar um chafariz no meio das árvores, saia correndo.)

FATO DO BILL:

Os guardas florestais não querem que você saiba, mas, ao cortar qualquer sequoia antiga em Gravity Falls, você pode ver todas as vezes que visitei a cidade!

Mas a verdadeira atração de Gravity Falls eram seus RECURSOS INATURAIS. Inexplicávium, ouro de tolo de tolo (ouro de verdade que parece ouro de tolo), minério de farra (um tipo de mineral que afeta as fendas dimensionais), fêmures fossilizados de ciclopes, crânios de Paleo-Gnomos e o melhor de tudo: o Local da Colisão Ômega.

Acontece que eu não fui o primeiro turista extraplanetário na cidade — os idiotas heptadimensionais trilazzx-betianos tinham caído com uma de suas espaçonaves bem no centro da Zona Atraente, deixando o vale CHEIO de materiais perfeitos para construir meu portal! (Além de entranhas alienígenas, que foram absorvidas pelo solo. Da próxima vez que fizer uma visita, experimente comer um pouquinho de terra sabor alienígena!) Aquele era o ponto perfeito!

Vasculhei todas as formas de vida aqui à procura da que se parecia mais capaz de me "entender". Infelizmente, encontrei uma...

GRAVITY FALLS Floresta Nacional

"É NORMAL!"

O XAMÃ

E quase consegui meu portal! No início, meu primeiro humano parecia perfeito: o mais sábio da tribo, de imediato aceitou construir um portal para os segredos do universo. Nós nos divertimos muito! Lambemos musgo alucinógeno, fofocamos sobre o plano astral, nomeamos as constelações... Ensinei a língua dos alces e ele me ensinou uma dança legal que criava relâmpagos. A tribo também me adorou — eles me esculpiram na ponta das lanças que usavam para caçar o sorrateiro micro-mamute de Gravity Falls. (Muito pequeno, mas muito delicioso.) Sendo sincero, foi a melhor época daquela cidade! (ALIÁS, aqueles "tótens" na Cabana do Mistério? Totalmente ERRADOS! Os idiotas confundiram o Noroeste Pacífico com o Planalto Noroeste!)

Mas, ao que parece, o sr. Espertalhão mudou de ideia depois de ter uma visão sobre o modo como minha dimensão gostava de festejar! Logo quando eu estava enviando os convites para meu primeiro Estranhagedon — TSPBL: Traga Sua Própria Bolha de Loucura! —, ele cancelou o acordo, queimou nosso portal de madeira de sequoia, evacuou a tribo e me BANIU de todo o vale com uma mistura de feitiçaria antiga e puro DESPEITO!

E por quê? Só porque minha primeira tentativa de criar um portal transformou o rosto de um cara em pedra, libertou alguns monstros marinhos e abriu uma cratera gigante no chão? O chão ficou melhor com aquele buraco! E era sem fundo! E daí, se por um breve momento, mudei a cor do céu para vermelho? Fica bonito em vermelho!

Como se isso não fosse ruim o bastante, aquele traidor ainda pintou na caverna o passo a passo instruindo qualquer geração futura a fazer exatamente a mesma coisa e alertando sobre a "Fera de Um Olho Só".

Hum... que grosseria. Por fim, ele me atingiu com

A PROFECIA

O Espertinho afirmou que "Dez Símbolos Cósmicos, Alinhados em Harmonia", eram destinados a testemunhar minha derrota. Achei que fosse só o jeito dele de tentar bagunçar a minha cabeça! Já vi muitos símbolos antes, e esses não eram nada ameaçadores. UM CORAÇÃO? UMA ESTRELA? SIMPLÓRIO! E o que era isso, o cereal matinal de um Leprechaun Sortudo?! Não tenho medo de cereal! Eu como isso no café da manhã!

Pessoas vestindo túnicas ADORAM lançar profecias — e em qualquer esquina tem alguém assim! Mas a intensidade do xamã me fez pensar que eu deveria estudar essas coisas. Vasculhei todas as possíveis linhas do tempo até o futuro distante, e era óbvio que os símbolos representavam humanos que eu encontraria em algum momento, em algum lugar. Havia um porco envolvido? E um garoto com ansiedade não diagnosticada? Algo chamado "Interroguinho, o Ponto de Interrogação"?

Que fosse! Se eu me deparasse com esses palhaços, estaria pronto para eles! Eu tinha acabado de socar o deus do tempo e sobrevivido à maldição do xamã! Um avô gordo e uma adolescente lenhadora espinhenta não eram páreo para mim! E eu também não precisava dessa cidade! Projetei astralmente uma mensagem para cada chefe de guerra, sacerdote, rei e faraó do mundo antigo — eu estava procurando um novo melhor amigo, o baixíssimo preço de um portal e a eterna servidão! E se eu esbarrasse em qualquer símbolo, estaria preparado!

Capítulo 9

QUEM QUER CONSTRUIR MEU PORTAL?
CHEGOU A HORA DE ENCONTRAR UM NOVO AMIGO!

ANTIGO EGITO

>> O Egito tinha tudo! Areia, arenito, tempestade de areia — até areia! Mas os caras conseguiriam construir um metavórtex polidimensional? Tentei um dos faraós (não consigo lembrar qual, todos usavam o mesmo chapéu), e ele ficou OBCECADO por mim. Tipo, o cara começou a me esculpir em todas as paredes, copiou o jeito como aplico meu delineador de olho... estava ficando constrangedor. Olha só como ele estava sedento por amizade!

"Nós rezamos a Rá para que esse triângulo estúpido nos deixe em paz."
— **Faraó Amenemés, 1800 a.C.**

>> HAHAHAHAHAHA! Essa era uma piada interna nossa! Ele fazia uns rituais elaborados para tentar me "banir", e eu enviava de volta umas pragas engraçadas tipo para dizer "oiiii". Por fim, o faraó disse que não sabia como criar o portal, mas ele colocaria meu rosto nas pirâmides se eu "parasse de depilar todos os gatos". Para ser claro: NÃO tinha alienígenas envolvidos. Qualquer pessoa que ache que era preciso alienígenas para construir um grande triângulo usando pedras está tentando vender algo a você, e, com base na aparência desse cara, eu diria que é melhor não comprar!

OS ASTECAS

>> Dei uma ideia para esses caras: por que não tentar construir um portal inteiramente feito de corações humanos sacrificados? O que vocês têm a perder? Nove mil corações depois, ficou claro que havia limites para as construções mecânicas baseadas em corações. Mas você tem de admirar a dedicação. Quem vê cara não vê os corações arrancados!

*"Deus do Caos.
Deus que me ouviu.
Deus, já chega desse Bill."*
— **Sacerdote Tezochtitlán**

ILHA DE PÁSCOA

Sabe... não sei o que eu estava pensando aqui. Todo mundo deu o seu melhor. Os caras não tinham dedos! Dá um tempo!

VOCÊ SABIA? Os egípcios não mumificavam só humanos! Eles mumificaram gatos, gaviões, furões — até ursos! Para isso, era usada a seiva especial de uma seringueira, permitindo, assim, que os "Ursos Múmias" pulassem "aqui, ali, em todo lugar". Fala sério, era uma aventura sem comparação.

618 Lição 5

A Idade das Trevas

A Idade das Trevas foi *hilária!*

A "medicina" era basicamente amputação e sanguessugas, ninguém ainda tinha inventado sabão ou números, e eles achavam que um bebê se parecia com *isto*. →

VOLTE PARA A ESCOLA DE ARTE, ARQUIBALDO!

Imaginei que algum feiticeiro já teria criado a alquimia, então procurei pelo cara que tivesse as sobrancelhas mais estranhas e logo o encontrei: o Warlock Sombrio **"Xgqrthx, o Impronunciável"**! Xgqrthx era o meu tipo de feiticeiro! Ele usava seus poderes principalmente para flertar com as donzelas, atormentar os cavaleiros e apostar em rinhas clandestinas de unicórnio. E as pegadinhas? Ele amaldiçoou um gnomo e o deixou incapaz de dizer qualquer coisa que não fosse seu nome, para sempre. GÊNIO!

Por uma infelicidade, Xgqrthx estava na pior quando o encontrei. Ele tinha acabado de se divorciar de uma bruxa do pântano e passava o tempo todo escondido em sua torre, olhando para um pergaminho amaldiçoado chamado "tela da perdição". Brilhante, com uma moralidade ambígua e romanticamente desprovido? Sai pra lá, xamã, agora eu tinha um novo humano favorito!

Falei para o Xgqrthx que, se ele conseguisse criar um portal para mim, a gente poderia dominar juntos esse período da História (em que ninguém tomava banho), e ele arranjaria todos os orbes e corujas que quisesse. O Xgqrthx gostou do meu entusiasmo e da sede de poder, mas havia um problema. O amuleto amaldiçoado para energizar o portal estava preso no tesouro do rei, vigiado pelos cavaleiros mais fortes e elegantes. O Xgqrthx perguntou se eu poderia "lidar com os guardas". Ah, COM CERTEZA!

FATO DO BILL: Se você precisar se livrar de cavaleiros, apenas se lembre de que os valentões não resistem a perder tempo em uma missão secundária! Acho que em algum lugar tenho uns manuscritos com iluminuras sobre o incidente...

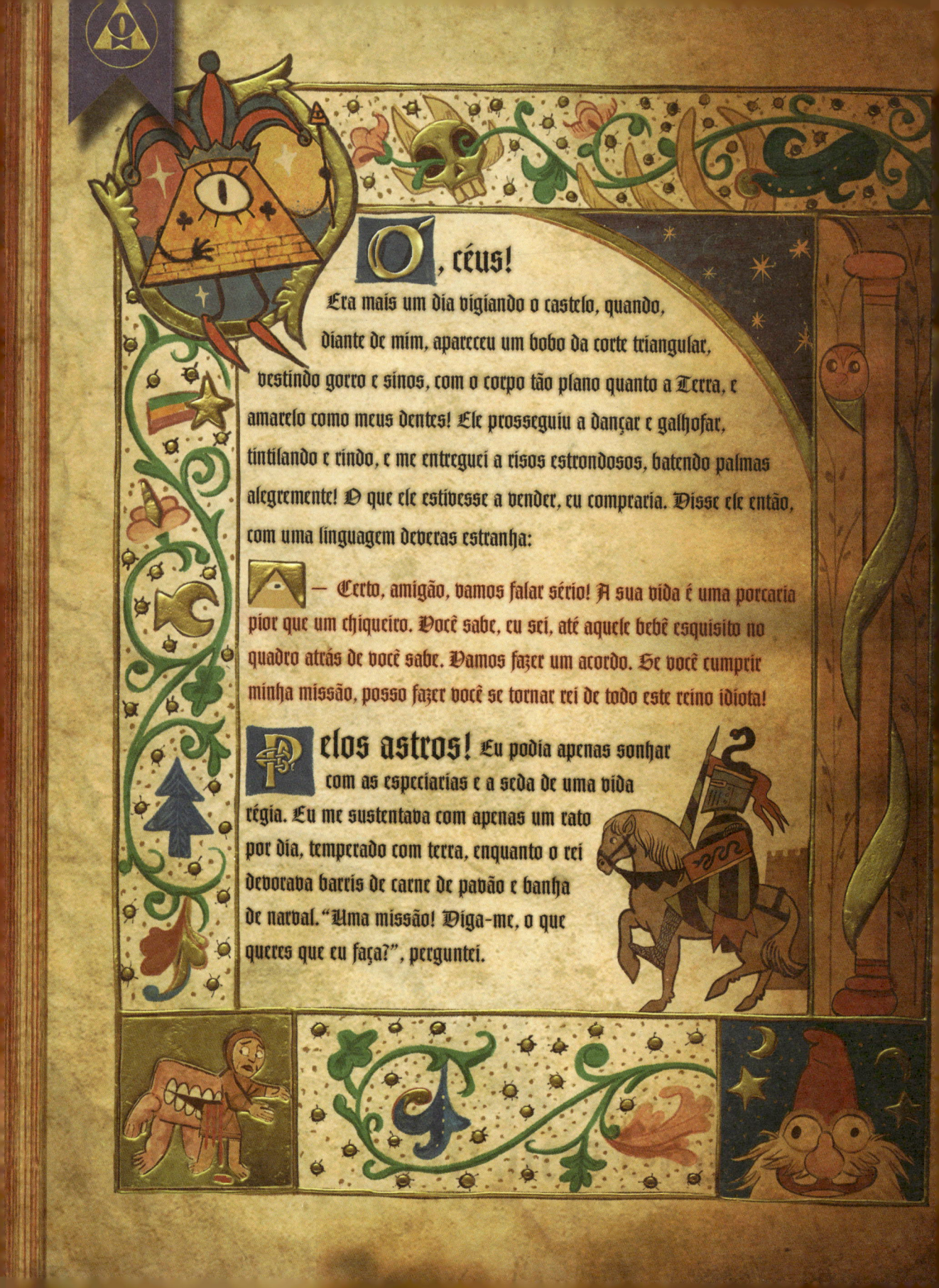

O, céus!
Era mais um dia vigiando o castelo, quando, diante de mim, apareceu um bobo da corte triangular, vestindo gorro e sinos, com o corpo tão plano quanto a Terra, e amarelo como meus dentes! Ele prosseguiu a dançar e galhofar, tintilando e rindo, e me entreguei a risos estrondosos, batendo palmas alegremente! O que ele estivesse a vender, eu compraria. Disse ele então, com uma linguagem deveras estranha:

— Certo, amigão, vamos falar sério! A sua vida é uma porcaria pior que um chiqueiro. Você sabe, eu sei, até aquele bebê esquisito no quadro atrás de você sabe. Vamos fazer um acordo. Se você cumprir minha missão, posso fazer você se tornar rei de todo este reino idiota!

Pelos astros! Eu podia apenas sonhar com as especiarias e a seda de uma vida régia. Eu me sustentava com apenas um rato por dia, temperado com terra, enquanto o rei devorava barris de carne de pavão e banha de narval. "Uma missão! Diga-me, o que queres que eu faça?", perguntei.

LIRA — MENTIRA

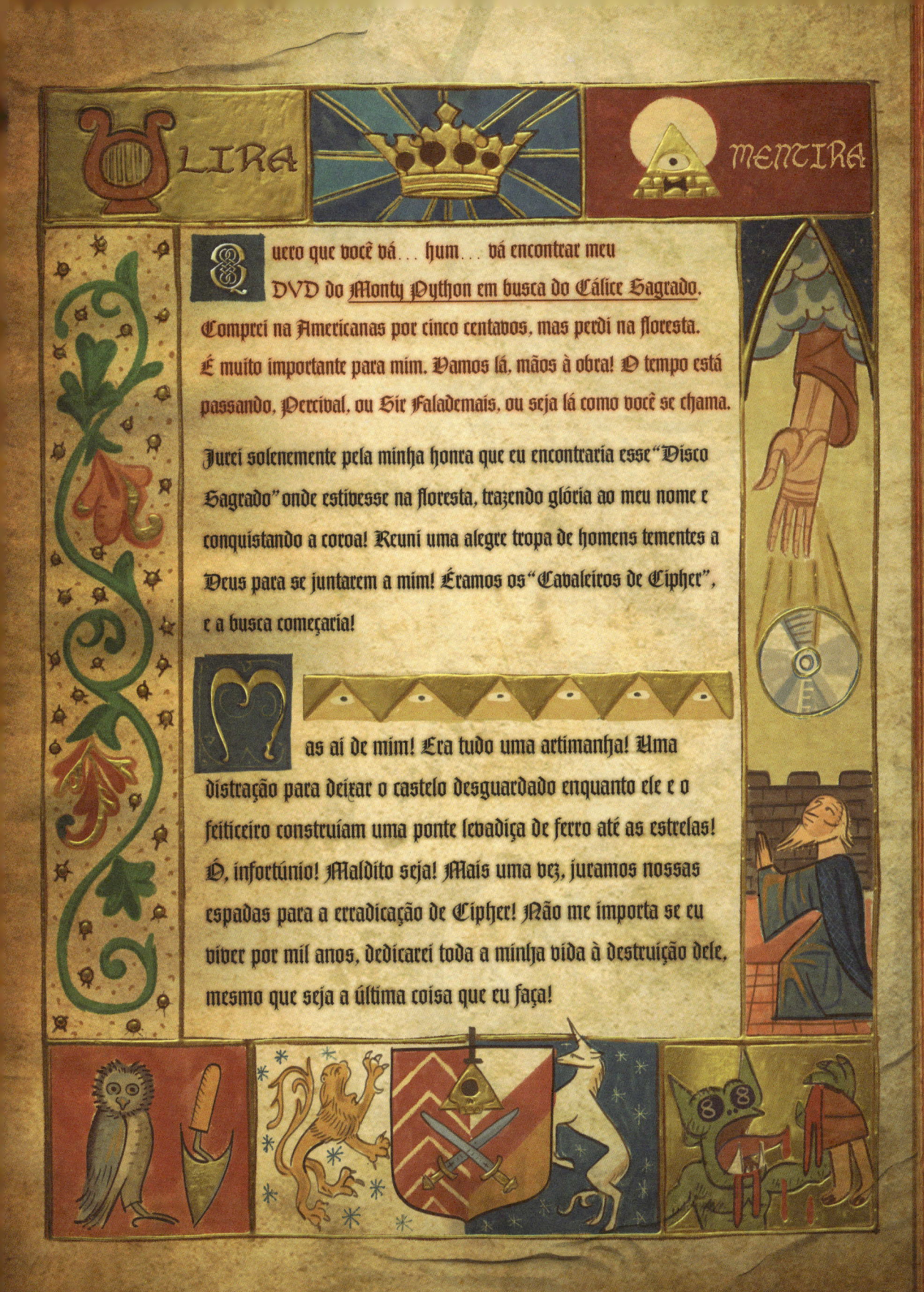

Quero que você vá... hum... vá encontrar meu DVD do Monty Python em busca do Cálice Sagrado. Comprei na Americanas por cinco centavos, mas perdi na floresta. É muito importante para mim. Vamos lá, mãos à obra! O tempo está passando, Percival, ou Sir Falademais, ou seja lá como você se chama.

Jurei solenemente pela minha honra que eu encontraria esse "Disco Sagrado" onde estivesse na floresta, trazendo glória ao meu nome e conquistando a coroa! Reuni uma alegre tropa de homens tementes a Deus para se juntarem a mim! Éramos os "Cavaleiros de Cipher", e a busca começaria!

Mas ai de mim! Era tudo uma artimanha! Uma distração para deixar o castelo desguardado enquanto ele e o feiticeiro construíam uma ponte levadiça de ferro até as estrelas! Ó, infortúnio! Maldito seja! Mais uma vez, juramos nossas espadas para a erradicação de Cipher! Não me importa se eu viver por mil anos, dedicarei toda a minha vida à destruição dele, mesmo que seja a última coisa que eu faça!

Eis o Portal

NUNCA CONFIE EM UM FEITICEIRO! No fim, quando eu estava distraindo os cavaleiros, o Xgqrthx cercou o portal com PELO DE UNICÓRNIO e usou isso para me PRENDER dentro de um ORBE! Ele nunca quis governar o reino, queria só um truque novo para impressionar a ex-namorada — e, por pura sorte cósmica, ele conseguiu!

Não sei se você já ficou preso dentro de um orbe, mas É PÉSSIMO. O Xgqrthx ficava me sacudindo como se eu fosse um globo de neve, apontava a varinha para mim igual a um controle remoto e me fazia fingir que estava "mudando de canal"; ele também convidou a bruxa do pântano para "ponderar" com ele sobre mim. Os dois me fizeram DANÇAR para DIVERTIR O REI, como uma DISTRAÇÃO LEVE PARA O JANTAR! As tapeçarias eram HUMILHANTES!

Era oficial, eu estava cansado desse período da História. Queimei tanto de raiva que derreti o vidro e me libertei. Xgqrthx tentou pedir desculpas. Até que nos divertimos juntos, não é mesmo? Será que eu não poderia deixar essa passar, pelos velhos tempos? Ele tentou apelar para o meu "senso de decência". KKKKK!

EU POSSUÍ A FÊNIX DE ESTIMAÇÃO DO XGQRTHX, BOTEI FOGO NO CASTELO INTEIRO E AMALDIÇOEI TODO AQUELE PERÍODO DA HISTÓRIA COM PESADELOS POR CEM ANOS! (Já se perguntou de onde surgiram aquelas criaturas nas iluminuras das tapeçarias dos monges? Euzinho!)

Infelizmente, acho que me excedi um pouco. Notícias sobre o "maldito triângulo da Inglaterra" começaram a se espalhar. Os humanos estavam percebendo que havia uma nova superstição na área — uma que não podiam afastar com um círculo de sal.

Ciphersticões

Isso desencadeou a primeira onda de Pânico do Bill da História. As mães russas alertavam que o "Cipherashka" roubaria os sonhos das crianças levadas que não terminavam de comer o *borscht*, e tinha uma canção de ninar na Inglaterra que falava assim:

> Nana, neném, dorme no bercinho
> Cuidado com o Cipher invadindo seu soninho
> Se com o Cipher sonhar, pode gritar e chorar
> E a mamãe vai sacudir o bebê até o Cipher sair!
> — Mãe desnaturada desconhecida, meados do século XVI

FIG. A
Para ejetar o triângulo rude da sua mente!

O rei Henrique VIII era tão paranoico sobre suas esposas recebendo minha visita durante os sonhos que ele começou a cortar a cabeça delas só para me tirar do cérebro das mulheres. Ei, amigão, talvez suas esposas deixassem você entrar na cabeça delas se você soubesse conversar melhor! Quem não se comunica se trumbica, meu caro Henrique!

Até os vikings, que eu achava que eram legais, começaram a esculpir runas alertando a todos para "jogar o Olaf no mar se ele desenhar esta forma". Sério? Valeu por estragar meu disfarce, Olaf! Aqueles caras poderiam ser os meus Cavaleiros Nórdicos do Apocalipse!

Pelo visto, parecia que toda a Europa seria um fiasco, o que nem era tão ruim assim, porque eu estava ficando entediado com tantas guerras religiosas e chapéus idiotas. Eu precisava de um novo continente para invadir e, para minha sorte, Atlântida enfim prosperava!

Infelizmente, antes que eu pudesse firmar um acordo com o Imperador Glublach de Atlântida, ele decidiu começar uma guerra subaquática com ☐✕✕⌒‿, o soberano lagosta das profundezas. (Um cara legal! Mas MUITO político.)

A essa altura, eu já tinha sido banido da maior parte do hemisfério oriental por causa das várias maldições. Minha única opção era retornar para o continente que havia me rejeitado no início — a "Terra Maluca" (ou, como mais tarde foi renomeado, "América")!

Bruxaria

Infelizmente, a Nova Inglaterra tinha muitos dos mesmos problemas da velha Inglaterra. E ESTES palhaços.

Eles se chamavam de Puritanos e tinham as esposas mais insatisfeitas da História humana. Esses carolas antiquados literalmente proibiram a imaginação — o que significava que eles nem tinham sonhos para eu invadir!

FIG. A
O sonho de um puritano

Uma de suas muitas leis idiotas dizia que uma mulher que parasse de bater manteiga por cinco segundos consecutivos ou que vestisse "calças" era chamada de bruxa e jogada em um poço, esmagada debaixo de um pedregulho, queimada na fogueira ou criticada até a morte sobre sua aparência física por um cara usando fivela no chapéu. Olha, você sabe o que acho do sofrimento humano: É. MUITO. ENGRAÇADO. Mas a variedade é o tempero da morte! Decidi agitar um pouco as coisas oferecendo para algumas das donas de casa acusadas de bruxaria alguns feitiços de verdade, só para variar.

Eu apareci para elas na forma de um bode (a única forma de vida cujos olhos continuam iguais quando estão possuídos) e fiz uma simples pergunta irresistível. A resposta foi um unânime "Sim".

Da próxima vez que você estiver em Salem, fique de olho em relíquias que mostram o meu trabalho!

"Gostarias de viver ridiculamente?"

A REBELIÃO DAS BRUXAS, 1692

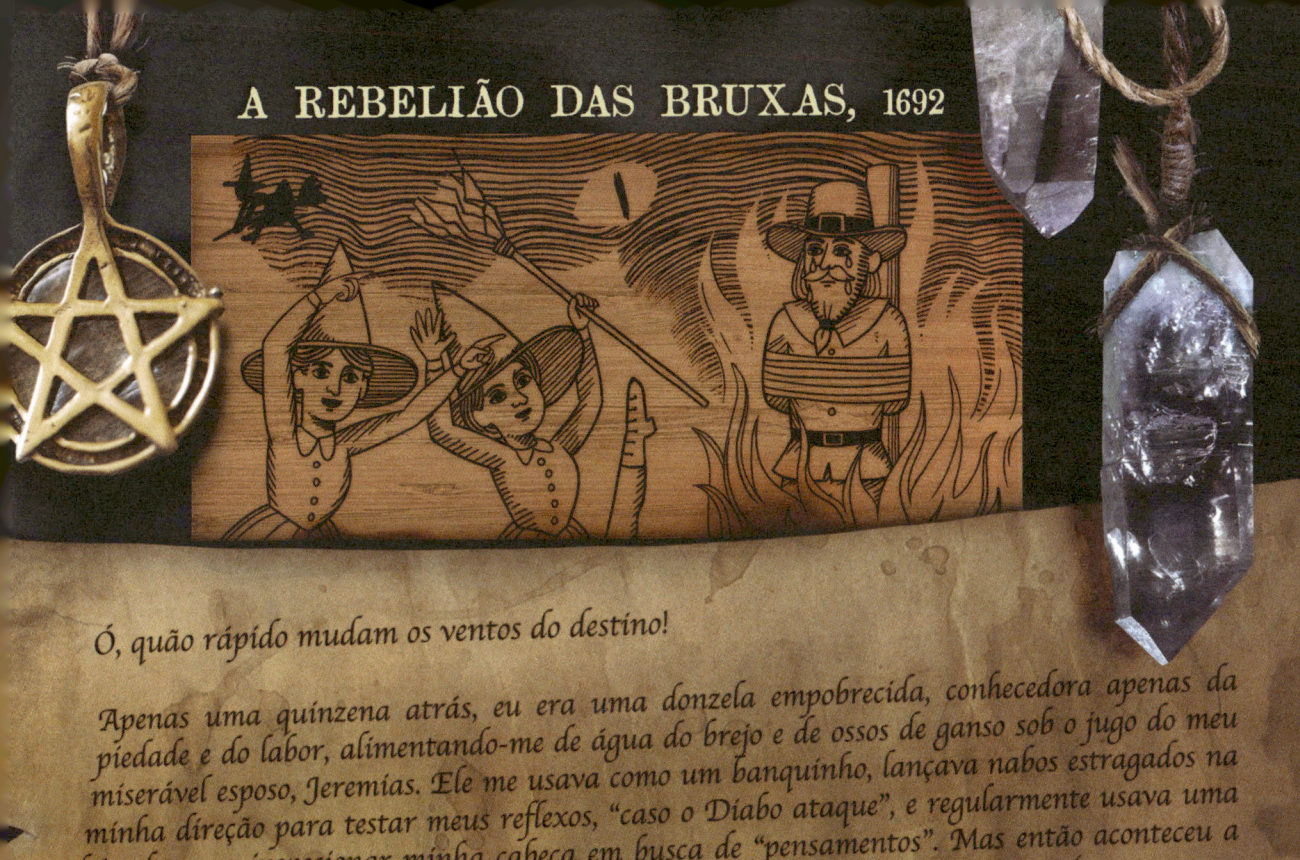

Ó, quão rápido mudam os ventos do destino!

Apenas uma quinzena atrás, eu era uma donzela empobrecida, conhecedora apenas da piedade e do labor, alimentando-me de água do brejo e de ossos de ganso sob o jugo do meu miserável esposo, Jeremias. Ele me usava como um banquinho, lançava nabos estragados na minha direção para testar meus reflexos, "caso o Diabo ataque", e regularmente usava uma bússola para inspecionar minha cabeça em busca de "pensamentos". Mas então aconteceu a coisa mais maravilhosa! Eu usava uma vassoura para varrer outra vassoura (para manter ambas limpas) quando um bode preto, conhecido por todos como Pedro Vinagre, trotou até mim e falou comigo com a voz de um homem britânico. Ele disse que me daria os poderes para escapar do meu esposo, viver uma vida de pecado e prazer, e rastejar de quatro no teto como uma aranha demoníaca, se assim eu desejasse. Perguntei se havia algum inconveniente. Ele disse que eu teria de renunciar a todos os deuses. Soltei um som que nunca havia feito antes, o qual ele explicou ser uma "risada". Gostei disso.

Agora tenho uma vida que eu nunca teria imaginado. Conversei com feras e bebi sangue, e até mesmo tenho amigas mulheres! Pedro Vinagre nos deu o presente do "vinho em caixa" e dos "canudinhos malucos", e tivemos uma noite de meninas voando pela aldeia e atirando salamandras nas cabeças das pessoas carecas. Até começamos um "clube do livro", onde amarramos um "livro" a um "porrete" para bater nos nossos inimigos. Nunca fui tão feliz! Três vivas para Pedro Vinagre! Esta noite vamos amarrar os conselheiros da cidade em um poste e atear fogo para, assim como diz Pedro Vinagre, "nos divertir".

Nunca esquecerei este símbolo!

Mary Dower-Thatch

AMÉRICA

"O ÚNICO PAÍS!"
– Um americano

AFINAL DE CONTAS, POR QUE VOCÊ ESTÁ NA NOTA DE UM DÓLAR?

Eu ofereci aos fundadores dos Estados Unidos um negócio imperdível: em segredo, deixem-me comandar o governo, e eu ajudarei a derrotar os britânicos. A princípio, eles gostaram da ideia! Mas os caras não curtiram meu primeiro rascunho da Constituição — nem como eu ficava chamando a Martha Washington de "Lábios Quentes". Quando mudaram de ideia, dei a eles pesadelos tão ruins que resolveram me colocar nas cédulas de um dólar como uma oferenda para que eu parasse!

FATO DO BILL: COMO DERROTAR OS BRITÂNICOS

Apenas destrua o chá dos britânicos, o segredo de seu poder! (Oitenta por cento do sangue deles é composto de chá. Jogar o chá fora na frente desses caras é como atirar em um lobisomem com uma bala de prata.)

MAIS DOS SEGREDOS IDIOTAS DOS AMERICANOS

- Abe Lincoln usava aquele chapéu para que ninguém conseguisse me ver sentado na cabeça dele, puxando o cabelo, controlando o corpo e fazendo-o cozinhar um risoto.
- O domo do Capitólio é forrado com chumbo para me impedir de entrar! Ainda bem que o chumbo não causa nenhum tipo de envenenamento! Tenho certeza de que todos os presidentes ficarão bem!
- Meu primeiro rascunho da Constituição era melhor do que o texto péssimo que os caras escreveram no fim! Ele deixava leis ilegais!
- Tem um botão dentro do Sino da Liberdade que faz Delaware explodir!
- VOCÊ SABIA? Você PODE comer uma moeda de um centavo!

O ÚNICO BOM PRESIDENTE

Quentin Trembley. Provavelmente o homem mais inteligente da História. Sua "nota de -12 dólares" significava que quem a recebesse agora ficava *devendo* 12 dólares ao Quentin! Gênio! Perguntei se ele queria começar uma banda comigo, mas Trembley achou que eu era apenas uma de suas alucinações diárias e voltou a perseguir um pato em seu escritório. Que mente!

LINCLOPE:

O enorme Ciclope que Lincoln cavalgou até a batalha para vencer a Guerra Civil. Foi ideia minha! Onde está o meu monumento?

1901:
A SOCIEDADE ANTI-CIPHER

A América gostava tanto de mim que até começou um fã-clube! Espera, como chama um fã-clube dedicado à sua destruição? Ah, sim! Um fandom!

Eles se deram o nome de Sociedade Anti-Cipher, cujo lema era: "Para Destruir o Demônio Vexatório Que Perturba a Paz dos Cavalheiros Sonhadores". (Fácil de lembrar!) Olha, eu não conseguiria inventar isso, mesmo se tentasse. Dá uma olhada no visual desses caras. Se você não for alérgico a sépia, vire a página para um vislumbre no diário de seu "elevado líder"...

A SOCIEDADE ANTI-CIPHER

CAPÍTULO UM:
SOBRE O AUTOR
E SUA CRÍVEL
SANIDADE

NOME: Thurburt Mudget Waxstaff III

TEMPERAMENTO: Muito agradável!

EDUCAÇÃO: Escola Preparatória de Saint Quiverly para Meninos Levados em Scrimshaw, Connecticut.

TAMANHO DO CHAPÉU: 7⅝, ou 8, depois de uma noite ponderando.

EMPREGO: Redator do "Slogan Aceitável" da Prensa de Impressão de Hogsteam, Illinois.

OBSERVAÇÕES MÉDICAS: "Depois de inspecionar seus dentes e suas ancas com minha pinça, eu declaro que este homem é 'SÃO'".
— Dr. Cornelius Q. Medicina

VEJAM, quando os sinos da igreja silenciam e os entregadores de jornais cessam seu barulho infernal, o cavalheiro moderno, cansado da labuta, tende a adormecer. É então que o demônio da mente, o fantasma da lucidez, conhecido como "William Lucipher", faz das suas diabruras!

Eu, Thurburt Mudget Waxstaff III, tenho uma visão única sobre esse demônio fantasmagórico, pois fui visitado por ele não menos do que em três ocasiões, e três vezes vivi para contar a história! Como estou ciente, o leitor pode pensar que sou propenso a superstições ou que tenho um formato de crânio não confiável. Portanto, vou eliminar seu ceticismo aqui mesmo compartilhando minha extraordinária história!

UM CHAMADO NADA CAVALHEIRESCO!

TUDO COMEÇOU na noite de 2 de janeiro de 1901. Fui incumbido por meu chefe de inventar um slogan de propaganda para nosso novo cliente, a CERA DE BIGODE E TÔNICO ACALMA-CAVALOS WHITMAN.

Minha proposta — "Whitman: não há evidência de que é veneno!" — foi prontamente rejeitada, e uma máquina de escrever foi lançada sobre minha cabeça. Mais um fracasso desses e eu me encontraria no olho da rua! Um slogan adequado fazia-se necessário.

Enquanto eu andava de um lado a outro em meu salão em contemplação agonizante, cheirando o arsênico no papel de parede, como me era habitual, para ter inspiração, encontrei-me pegando no sono e, em meu devaneio, tive uma visão.

Um fantasma geométrico apareceu diante de mim, com o formato de um triângulo, um poderoso chapéu masculino e lindos olhos femininos. Ele proclamou ser o "Espírito da Inspiração" e disse que, se eu apenas apertasse sua mão vigorosamente, ele me entregaria o slogan que eu desejava! Como seria possível recusar? Pela manhã, acordei e encontrei um novo slogan já escrito em meu diário:

"CERA DE BIGODE E TÔNICO ACALMA-CAVALOS WHITMAN: DIRETO DA BOCA DO CAVALO."

E de fato, quando repassei o slogan para meu chefe, o charuto caiu da sua boca, de tão impressionado que ficou, e ele proclamou: "Esse será o slogan, e você se casará com minha esposa". O que eu poderia dizer além de sim? Logo me tornei rico com dinheiro de slogans e me casei com a esposa do meu chefe, realizando, assim, o Sonho Americano. Mas, ora, vejam, o fantasma passou a me atazanar todas as noites para que eu retribuísse o favor! Recebi visões tenebrosas, horrores calamitosos, que ele dizia que apenas cessariam se eu criasse ISTO:

A "PORTA DA MENTE" DO DEMÔNIO

Necessário acionar a manivela por não menos do que seis sujeitos parrudos, para que o Triângulo Maldoso retorne ao seu covil miserável.

Informei ao demônio que tal maquinário era impossível! Meu pai me deserdaria antes de me emprestar o aço necessário de sua fábrica. Mas o triângulo se provou obtuso. A quem eu poderia pedir ajuda? Coloquei um anúncio no jornal para alguém, qualquer pessoa, que pudesse me auxiliar com meu problema:

MATE O TRIÂNGULO EM MEU CÉREBRO. RECOMPENSA: ÓPIO.

Quando ninguém respondeu, tentei uma segunda versão.

VOCÊ JÁ SONHOU

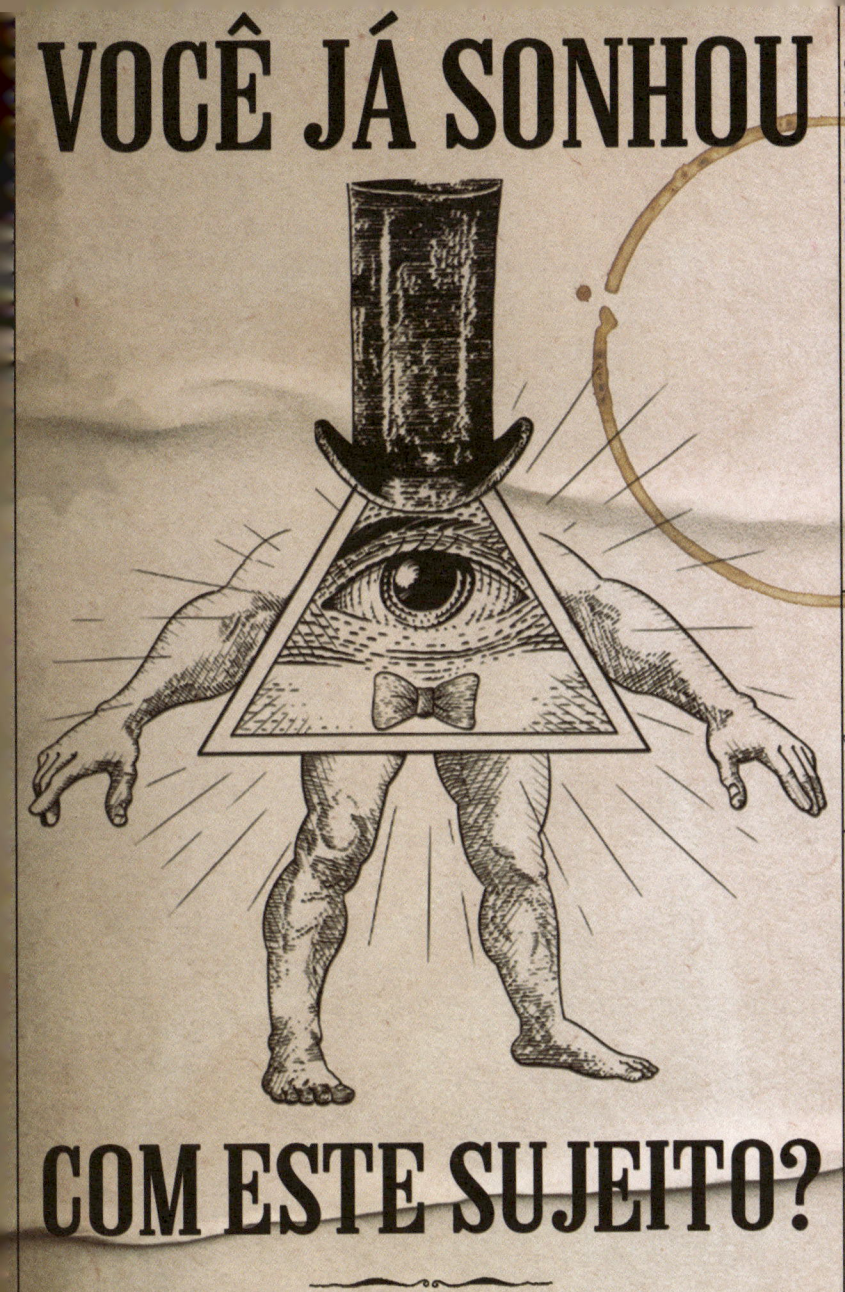

COM ESTE SUJEITO?

Não dê ouvidos a suas mentiras! Se você o viu, encontre-me no número 333 da North East West Drive à meia-noite precisamente, bata três vezes no poste de amarração e espere a abertura da porta do celeiro.

T. M. WAXSTAFF

CRIANÇA FEIA?

HÁ UM REMÉDIO! APENAS ME PERGUNTE

UM CONVERSÍVEL!

Você vai ROUBÁ-LO! Ninguém nunca vai DESCOBRIR!

CANSADO DAS CORUJAS CONSTANTEMENTE BLOQUEANDO O SEU CAMINHO AUTOMOBILÍSTICO?

Ora, veja! O homem moderno conhece esse problema muito bem. A irritação de asas tem apenas uma solução: uma útil pá construída especificamente para a rápida remoção desse pássaro miserável. E essa ferramenta para cavar tem um nome tão inteligente e memorável do qual você nunca se esquecerá:

"A pá de duas mãos para remoção do pássaro irritante de todo cavalheiro!"

Oi, eu sou o celebrado inventor sir Robert Renzobbert,

VISITE: UM BURACO

Os barulhos da cidade, a gritaria das crianças! Não existe alívio das loucuras da vida moderna? Sofredores, não sofram mais! Eu cavei UM BURACO na floresta apenas a quatro quilômetros da cidade, onde o homem moderno pode entrar e conhecer o alívio! Silencioso, escuro e pacífico, UM BURACO vai confortavelmente cercar todo o seu corpo na escuridão da terra, num lugar que som não pode entrar ou escapar! Até o mais robusto dos gritos será inaudível de dentro do conforto de UM BURACO. O perfeito destino de férias para o homem que precisa de um tempo longe de suas obrigações miseráveis. O BURACO comporta um (1) homem por vez, então corra antes que seja tarde demais! Esse buraco pode ser seu. (Homens grandes não precisam se candidatar.)

MEU BURACO PODE SER SE

RELÓGIOS DO DR. B. BLANDIN

O famoso relojoeiro das planícies ocidentais, o dr. B. Blandin tem isto a dizer sobre seus maravilhosos relógios: "Se você está lendo isto, socorro! Socorro! Estou preso neste período histórico! Socorro!"

$8.49

UMA ARMA PARA O CAVALHEIRO MODERNO

Já se foram os dias selvagens dos prados indomáveis, quando homens andavam com rifles na cintura. Os cavalheiros pedem por uma arma mais elegante, e nós a fornecemos! Apresentando: o Zombavólver, uma leve pistola de mão que não atira balas brutais, mas pequenos pergaminhos enrolados, cada um contendo um insulto muito desrespeitoso e escrito pessoalmente que irá ferir o orgulho de alguém mais do que o chumbo quente poderia! Com seis pequenos pergaminhos dolorosos para atirar, você deixará seu agressor mortalmente deprimido por dias!

INSULT-45 .... R$ 1,00

ESPOSA MECÂNICA

Diga-me! Você já recebeu a visita do "sr. Solidão"? O seu cortejo primaveril não está resultando em nada? Você já se pegou olhando para os sinuosos espartilhos na loja de roupas por horas, até ser expulso de modo rude por um policial? Não chore mais! Com esta esposa construída com genuína mecânica de relógio, piche de telhado, pelo de cachorro e óleo de faisão. A flecha do cupido enfim acertou! Prepare-se para suspirar! Esta "mulher" realista pode "falar" as palavras "eu te amo, Henry" em três diferentes tons e volumes. É impossível saber quando ela vai falar, então fique com os lábios preparados! O seu nome não é Henry? Uma rápida visita aos registros municipais pode consertar isso! Aqui está a sua chance, Henry!
Ligue agora!

AMOR VERDADEIRO .... R$ 1,00

FEITO PELO SINDICATO

Repelente de Palhaço

Tubos de conversa.

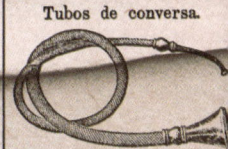

Você sabe o que eles são. Todos nós temos um. Existiu um tempo antes dos Tubos de Conversa? Certamente não consigo me lembrar de um tempo assim. Adquira seus tubos.

R$ 1,00

IRMÃOS PITT

INGREDIENTES: Força! Vigor! Isso é um gosto de candura? Nunca diremos!

Coloque todo o pomar na sua boca com a última produção dos Irmãos Pitt!

COLA MARAVILHOSA

"O SABOR É ESSE MESMO!"

OS QUATRO AMALDIÇOADOS

NAQUELA NOITE TEMPESTUOSA, quatro respondentes chegaram, cada um com a expressão de vingança daqueles prejudicados num período recente.

Eles eram, em ordem reversa de sobriedade: o pastor Tinsley O'Pimm, um padre excomungado; Horace Ombroslargos, um esportista e o maior sujeito que já vi; Jessamine Delilah Gulch, uma atiradora viajante de um circo do oeste; e Abigale Blackwing, uma inventora que testava suas invenções em si mesma. Cada encontro que tiveram com Cipher resultou em desastre — banimento, demissão, divórcio, desespero. Todos acreditavam que Cipher era o motivo da ruína da humanidade ao longo da História, desde as selvas até as cidades, talvez novamente solto pelos túneis de Chicago, perto que são do próprio inferno. Os quatro queriam vingança pelo infortúnio que haviam sofrido nas mãos da criatura e estavam prontos para enfim se juntarem para fazer algo a respeito, danem-se as consequências! Um encontro de almas, finalmente!

As teorias deles para derrotar a criatura variavam de "socar minha cabeça até ele sair do meu cérebro" (Horace), "atirar na minha cabeça até ele sair do meu cérebro" (Jessamine), "remover o meu cérebro" (Abigale) e "um exorcismo" (o pastor). Depois de um longo debate, concordamos com o exorcismo.

O EXORCISMO DE WILLIAM LUCIPHER

NUNCA ME ENXERGUEI como o tipo de sujeito que praticaria as artes sombrias. Enfrentar demônios não faz parte da minha bagagem! (O que existe na minha "bagagem", assim como na da maioria dos cavalheiros dignos, é minha maravilhosa coleção de malas!) Mas chega um momento quando um cavalheiro precisa remover as delicadas luvas brancas da paz e vestir as ainda mais delicadas luvas da guerra.

O'Pimm nos comandava enquanto ele dispunha os óleos e os sais necessários sobre a mesa. As cortinas foram fechadas para que nenhum bisbilhoteiro espiasse nosso ocultismo, e cobri o retrato da minha mãe para não sentir que estava sendo julgado pelo seu olhar. Com as mãos sobre o Tabuleiro Espírita, estávamos prontos para começar. A prancheta começou a tremer. Maldição, o demônio se aproximava! Com morosidade, a flecha de madeira apontou para as letras

MINHA MAE MANDOU V...O...C

BANG! Com um LAMPEJO branco, o pastor de repente mudou a postura, seus olhos começaram a BRILHAR, ele GRITOU e então.... casualmente se recostou na cadeira, colocou os pés sobre a mesa de modo desrespeitoso, tirou um maço de cartas do bolso e começou a embaralhar. Essa não! Estávamos na presença da besta!

O'PIMM POSSUÍDO!

DISSE ELE:

"Certo, meninos e meninas, talvez estejam se perguntando por que escolhi cada um de vocês para esta pequena reunião. Sozinhos, vocês são um bando de zé-ninguém em tons sépia destinados ao lixo da História. Cada um de vocês, simplesmente grandes tontos. Vocês já se ouviram falando? É exaustivo. Mas, juntos, poderiam ser mais. Waxstaff, o seu pai é dono da maior fábrica de aço dos Estados Unidos. Blackwing, você é uma boa inventora que pode colocar minhas criações em prática. Gulch, os seus dedos no gatilho podem impedir qualquer um que tente nos atrapalhar, e Ombroslargos, você é o único homem com panturrilhas grandes o bastante para energizar as engrenagens pedalando.

É assim que vai ser. Vocês constroem um portal, e eu deixo cada um rico o bastante para iniciar seus próprios países. A América é só uma modinha passageira mesmo. Depois que eu dominar tudo, haverá muitas terras arrasadas precisando de soberanos, e vocês poderiam cumprir esse papel. O que me dizem?"

Quatro pistolas nunca foram sacadas tão rápido contra um pastor. Sua expressão se tornou amarga. "Certo, vocês, idiotas, ainda nem inventaram a penicilina! A gente se vê na página de obituários, seus palhaços inúteis! Vai ser hilário ver como tentam me impedir!"

Em um lampejo, O'Pimm foi libertado do feitiço e desmaiou de exaustão em nossos braços. Embora tenhamos começado o dia como estranhos, terminamos como irmãos, ligados por vingança e um ódio renovado contra a geometria. Ele havia nos ameaçado, então um juramento foi feito, para formar uma sociedade dedicada à sua destruição!

A SOCIEDADE ANTI-CIPHER

Minha casa seria nosso quartel-general, minha fortuna seria nosso financiamento! Você gostaria de se juntar a nós? Simplesmente ponha a mão direita sobre o peito, a mão esquerda sobre o olho e recite esta iniciação!

A INICIAÇÃO ANTI-CIPHERIANA

"Eu, _____,
(Seu Nome)
estando são de mente e corpo, e no momento despossuído de qualquer espírito ou "duende verde", aqui prometo minha determinação para erradicar a forma malévola, a Pirâmide Perversa, o Ângulo Caído, William Travesso Cipher! E agora brindarei à sua queda com uma taça de delicioso mercúrio!"
(Beba o agradável mercúrio)

NOSSA MISSÃO: MATAR BILL CIPHER

De imediato, começamos a planejar a destruição dele. Seria preciso usar todos os nossos talentos e engenhosidade para encontrar um jeito de aniquilar o monstro. Abigale desenhou os diagramas, Jessamine começou a montar as armas, O'Pimm começou a beber, Ombroslargos praticou combate e eu tinha o trabalho mais importante de todos: publicidade!

O TRAJE DE CAÇA AO BILL

O homem conquistou o prado, caçou o búfalo e dominou o relâmpago. **BOA NOTÍCIA:** Chegou a hora de o homem matar o mal. Com este traje, isso é possível!

FONÓGRAFO DE CABEÇA: O "sr. Cipher" ataca em seus sonhos, então você não pode ser vítima do sono. Felizmente, o "Fonógrafo de Cabeça" tocará um cilindro de cera extremamente alto com o som que fazem os leões-marinhos. Isso vai livrá-lo dos perigos do repouso!

"MÃO DA VIGILÂNCIA": Caso comece a cochilar, a mão mecânica vai estapeá-lo até você acordar! Tome isso, Cipher!

COLETE PROTETOR: Assim como o morcego teme o dia, o demônio também teme a virtude! Esse colete foi costurado com os cabelos de mil freiras, cuja pureza irá repelir o Triângulo do Pecado!

UMA ARMA: Quando a virtude fracassar, sempre haverá... uma arma.

RODA DESCONCERTANTE: O demônio se acha mestre dos truques? Bom, até mesmo ele ficará embasbacado com essa roda mecanizada! Agora o desconcertante se tornou o desconcertado!

CÉREBRO SOBRESSALENTE: O sr. Cipher é atraído para o cérebro igual um mineiro é atraído por pão de queijo. Talvez, quando estiver capturado lá dentro, o sr. Cipher possa até ser chamado para atacar um inimigo! "Cipher, eu escolho você!", você dirá, lançando o cérebro na direção do inimigo escolhido e libertando os golpes demoníacos de Bill Cipher!

MOVIDO A VAPOR E RAIVA

UMA BÍBLIA: Para repelir qualquer demônio, assim como qualquer um que gosta de "diversão"!

INVENTORA: ABIGALE BLACKWING

Tônico Anti-Cipher

PEÇA-ME!

Você não se sente muito bem desde o encontro com você-sabe-quem? Agora existe um jeito "líquido" para expurgar o demônio do seu corpo: o TÔNICO ANTI-CIPHER do Professor Doutor é um LICOR CALMANTE SEM SABOR À BASE DE RAMOS DE NABO, RICO em fluido de rins e SEBO DE PORCO, que garante causar REVOLTAS BILIARES GÁSTRICAS INTENSAS cuja expulsão violenta eliminará quaisquer espectros ou fantasmas!

(Alerta: um gole do Tônico Anti-Cipher do Professor Doutor fará uma criança explodir instantaneamente.)

"O TÔNICO ENTRA, O BILL SAI!"
GARANTIDO CONTER MAIS INGREDIENTES DO QUE QUALQUER OUTRO TONICO NO MERCADO!

OU TENTE

PASTOR O'PIMM — LAVA-CÉREBRO

INGREDIENTES:
álcool

Sua mente foi maculada pela fuligem das malvadezas de Cipher? Com um gole do "Lava-Cérebro" do Pastor O'Pimm, você pode apagar suas últimas lembranças do Cipher e qualquer outra lembrança ruim também!

INGREDIENTES

Salsaparrilha, Unguento Puro Malte, Novocaína Crua, Âmbar Cinzento, Raízes do Pântano do Pappy, Amarguras Estimulantes, Cocaína de Aguarrás, Um Dente de Cavalo, Melado Sagrado, Os Cílios de um Pastor, Água de Capô, Poeira de Mina, O Menor Milho da Colheita, Giz de Açúcar Saboroso do Velho Daniel, Umidade da "Natureza", Aromatizante de Graveto, Um Sussurro da Vovó, Pólvora, Cicuta do Bordo, "Falação do Harold", A Loucura de um Holandês, Óleo de Narval, Extrato de Lobo-da-Tasmânia, Vigor, Valor, Um Faisão Inteiro, Alcaçuz de Pastinaca, Xarope Elétrico, Soro de Carne, Um Garrafão Inteiro de Melado de Ruibarbo, A Sobrancelha Esquerda de Charles Dickens, Sangue de Limpador de Chaminés, Linimento de Gelatina, Bile de Fígado do Último Dodô, A Preciosa Umidade Matinal de uma Montanha Local Transformada em Suco de Laranja por Minerais a Que Nós Demos o Elegante Nome de "FANTAsia Laranja".

UM GOLPE DE SORTE!

Hoje de manhã recebi um telegrama com uma maravilhosa notícia! Os Anti-Cipheritas foram oficialmente convidados para palestrar na Feira dos Inventores de 1901, e ninguém menos do que o próprio Theodore Roosevelt estará na plateia! Talvez até sejamos convidados a subir no palco principal para participar de uma de suas "Teddy Talks"! Com essa oportunidade, vamos revelar nossas descobertas para o mundo, e Cipher será enfim exposto! Infelizmente, meus companheiros estão um pouco apreensivos com o convite. E se nossas pesquisas forem recebidas com ceticismo e escárnio? Eu afastei tais pensamentos. Quando as grandes mentes de nosso tempo ouvirem o discurso que pretendo entregar amanhã, todas as ansiedades serão eliminadas! Até que enfim teremos justiça!

DISCURSO PARA SER LIDO NA FEIRA:

"Senhoras e senhores. Vocês já notaram seus filhos praguejando mais e mais? O gado caindo morto? Um perturbador aumento de discos desrespeitosos de ragtime, com letras picantes e ousadas? Só pode existir um culpado. Não, não a natureza inerentemente pecaminosa dos humanos, mas um DUENDE DO CÉREBRO! Seu nome é Bill, ele mora na minha cabeça e nós não somos malucos. Estamos pedindo 1 milhão de dólares do governo para investir em um domo de aço que vai cobrir os Estados Unidos, protegendo nossas mentes do demônio, e tampar o horrível tom de azul do céu, há muito tempo a danação dos humanos. Doações, por favor!"

(pausa para a explosão de aplausos)

PÁGINA 2 — ENROLAÇÃO

PÁGINA 3 — MAIS ENROLAÇÃO

A FOLHA DA ALVORADA DO SÉCULO

ASFIXIA RELACIONADA A GRAVATA-BORBOLETA SOBE 200%

TERÇA-FEIRA, 22 DE JANEIRO DE 1901. — IMPRESSO EM PODEROSO PAPEL PARA FORTIFICAR A FRÁGIL MÃO DO ENTREGADOR DE JORNAIS — UM CENTAVO INTEIRO

O RIDÍCULO ATACA
NOTÍCIAS DO GLOBO!

A RAINHA VITÓRIA PROCLAMA "ARRÃÃÃN!"
E morre imediatamente depois

"CAÇADORES DO BILL" SÃO DECLARADOS
MOTIVO DE CHACOTA
UM ATAQUE DE LOUCURA, SEGUIDO DE RISADA GERAL

"HA HA HA HA HA HA HA" — Todo mundo

EMBORA O HOMEM se diferencie de macacos e andorinhas por sua razão e sua lógica, uma vez a cada século aparece um sujeito que é tão tolo que pode ser adequado trancá-lo no zoológico, com nada além de vários blocos de madeira para se entreter. Um sujeito assim se revelou ontem na Feira dos Inventores de 1901, quando o incomparável idiota Thurblort Waxflarb (nome ainda não confirmado) foi coroado "Bufão do Momento" durante sua apresentação de uma cômica nova superstição sobre um "triângulo malvado" chamado Bill, ou Jeová, ou algo assim. Ninguém se deixou enganar por esse charlatão e todos ficaram descontentes, até que uma mula errante, perdida do pasto, trotou até o palco, derrubando uma lamparina e ateando fogo em tudo. Vegetais estragados foram lançados nos humilhados "Anti-Cipheritas", e a cena cômica, que de outro modo teria sido perdida para a História, felizmente foi capturada pelo maravilhoso pictógrafo móvel do sr. Edison, garantindo que a vergonha seja relembrada por gerações. Até o presidente Roosevelt estava presente para oferecer seus comentários: "Uau, esses caras são péssimos", ele disse. Muito bem colocado, sr. presidente! Funcionários do Manicômio Hogsteam vieram (CONT.)

"AMIDO PARA AS MOÇAS! AMIDO PARA OS RAPAZES! AMIDO GRANULADO CHUGGMAN PARA ROUPAS SÃO OS MAIS EFICAZES!"
— Borvis Chuggman, Amido Granulado Chuggman

AMIDO GRANULADO

ELETRICIDADE: UMA ANÁLISE

Ora! Toda semana acontece uma coisa nova, não é mesmo? Fogo aqui, prensa ali, Guerra Civil acolá, a evolução. Já chega! Agora é essa tal de "eletricidade", da qual todo mundo está falando sem parar, seguindo mais uma modinha passageira! Se a eletricidade é tão boa, por que ainda não descobriu como impedir aqueles horríveis plebeus de se reunirem no meu gazebo? Bom, vou dizer uma coisa: a eletricidade é uma irritação e provavelmente será esquecida tão rápido quanto a "escova de dentes". E outra coisa que já não aguento mais: os franceses!

RAGTIME TOCADO RÁPIDO DEMAIS
Ritmo acelerado causa desastre e mata centenas

PASTA DE PORCO
PARA Mulheres e Garotas

"Não fale comigo até eu ter tomado minha pasta de porco!"

SOCOS E MAIS SOCOS!
Precisa de uma boa surra? Eu posso entregar! Vou me encontrar com você para uma luta em qualquer hora e lugar! Prepare-se para ser socado!

"EU DIGO!"
AS OPINIÕES DE UM HOMEM QUE SIMPLESMENTE COMEÇOU A DIGITAR NA NOSSA MÁQUINA DE ESCREVER

EPÍLOGO

Já é meu terceiro ano no **MANICÔMIO HOGSTEAM PARA OS CRIMINOSAMENTE INSANOS E/OU PREOCUPANTEMENTE ORIGINAIS.** Minha esposa me deixou, meus companheiros debandaram e tive que me ajustar a uma vida menos luxuosa. Pedi uma camisa de força com cauda, talvez um terno de força ou um casaco de jantar de força, mas meus pedidos foram negados. Não importa. As grades da minha janela ficam de frente à praça da cidade. Tenho aromas da padaria e a música do teatro, e nossas paredes forradas de chumbo fazem com que em meus sonhos, enfim, eu esteja livre. Ainda me correspondo com meus companheiros, embora eles tenham seguido com suas vidas. Abigale se mudou para o oeste e se casou com um homem de impressionante fortuna e uma enorme mansão. Talvez ela espalhe a verdade para as elites dessa cidade distante. . . .

Você acha que sou louco? Eu tenho minha paz de espírito. Ele nunca vai poder me pegar. Se eu pudesse desejar algum destino a ele: terapia. Isso o levaria à loucura.

— **PACIENTE NÚMERO 3466554** (Thurburt)

> Ei, eu tentei chamar essas caras para o lado vencedor! Comecei a pensar que talvez abordar os humanos um a um não estava funcionando. Foi aí que percebi que havia um jeito melhor de entrar na mente deles...

ANIMAÇÃO

1930! A humanidade tinha acabado de inventar uma nova arte sombria! Eram os chamados "**cartuns**", um código para "desenhos cancerígenos", já que eram pintados em celuloide causador de câncer — e eram muito legais! Animais vestindo chapéus? Postes de luz dançando Charleston? Isso era algo que eu poderia usar!

Segui a sonoplastia engraçadinha e a síndrome do túnel do carpo até os Estúdios Inkwell, cujo dono era o empresário iniciante da animação e entusiasta de suspensórios **Elias Inkwell**.

O estúdio de Inkwell não estava indo muito bem: seu primeiro personagem animado, "Ducky, o Rato-Porco", apenas conseguia deixar o público entediado e confuso.

Elias precisava de uma estrela, e eu precisava de um jeito novo de influenciar as massas! Quando as crianças do mundo me amassem, eu teria um exército de trabalhadores infantis à minha disposição para construir qualquer portal que eu quisesse! Um aperto de mão depois e as *Sinfonias do Cipher* chegaram com tudo!

POSES E EXPRESSÕES TÍPICAS DO BILL

- Três pontas, mas sem propósito!
- Simples o suficiente para uma criança ou um adulto sem coordenação desenhar!
- O Bill de alguém certamente está assando!
- "Atrevido" até onde o Código de Censura permitir.
- Quando a gravidade some e a terra vira céu.... Esse cara vai roubar o seu pão de mel!
- Compreensivelmente indolente!
- "Ele é um malandrinho comercializável!"

APROVADO

SINFONIAS DO CIPHER

Ele canta!
Ele grita!
Uma loucura só!
Tente tolerar se puder!

um cartum de
ELIAS INKWELL

```
         - Sinfonias do Cipher -            (1)
        Orquestra começa a tocar

        CENA 1
        Sigam o Bill saltitante!
        (coro canta)
        Pois ele é um bom camarada!
        Ele é pontudo, charmoso e amarelo!
        Pois ele é um bom camarada!
        Agora é hora de receber as abelhadas!

        (Neste ponto, abelhas vivas serão
        soltas no meio do cinema.)
```

Todo mundo é um crítico!
Sobretudo os críticos, que disseram que
Sinfonias do Cipher era "a pior coisa que já viram no cinema
desde a filmagem do naufrágio do *Lusitania*". Quando viu
as manchetes, Elias disse que nosso acordo estava encerrado e enviou um
memorando para toda a empresa colocando a minha cabeça a prêmio!

```
     Amigos, estou com um problema, mas espero que possam parar de desenhar
vacas atraentes de saia por um dia para me darem uma ajuda. É difícil
admitir, mas o nosso último desenho foi concebido por um demônio imortal de
uma dimensão de pesadelos, e agora ele está atrás da minha alma, dá para
acreditar? Eu me dei mal, isso posso dizer! Bom, preciso de um jeito de me
livrar daquele cretino e pensei que vocês, que são tão criativos, pudessem
pensar em um modo de expulsá-lo do meu cérebro para sempre. Em Hollywood,
criamos sonhos todos os dias! Estou pedindo para matarem um. Quinze dólares
para quem conseguir.

Seu chefe,
Elias Inkwell                    Elias Inkwell

PS: Preciso de um novo personagem! Talvez um ovo falante? Um cachorro de
saia? "Ollie, o sapo com pólio" — o que acham?
```

Seus compositores decidiram escrever uma canção tão grudenta, tão irritante, que eu sairia de
qualquer cérebro que a ouvisse. **"O mundo é eternamente pequeno depois de sempre"** era
uma tortura — e funcionou! Ele venceu aquele round —, mas jurei que eu voltaria para a tela
algum dia! Todas as evidências de nosso trabalho foram trancadas no Cofre Inkwell, e os planos
da "Bill World" foram cancelados. Felizmente, a humanidade estava cozinhando uma nova
tecnologia sinistra que eu poderia explorar!

> A década de 1940! Comecei a frequentar áreas de testes nucleares para ver se a radiação abriria um buraco para a minha realidade. Funcionou! Por cerca de três horas...

ULTRASSECRETO

MEMORANDO * GOVERNO DOS ESTADOS UNIDOS. 11/JULHO/1947

PARA: ~~████████~~

DE: Comandante Buck Pierson do Exército dos Estados Unidos

Às 10:45 da manhã de 11 de julho de 1947, um objeto voador triangular foi detectado entrando no espaço aéreo americano e caindo nos arredores de Roswell, Novo México.

Nós telefonamos para o presidente Truman imediatamente, e ele nos disse para não "esquentar muito" e que estava "ocupado pensando em doutrinas", mas que deveríamos "ligar de volta se tiver algum comunismo aí no meio".

Nosso pessoal capturou o objeto, que os especialistas afirmaram não ser uma nave, mas uma forma de vida de origem desconhecida. A forma de vida, que prendemos em uma cela de interrogatório depois de muito esforço, era capaz de falar, retrucar e de muito atrevimento.

Você e o pessoal não vão acreditar nisso. Vou deixar as fotografias falarem por si só.

NOME: BILL CIPHER

DATA DE NASCIMENTO: Afirmou ser "mais velho do que a sua mãe, seu mané". Nosso interrogador tentou bater nele por causa do insulto, mas foi impedido e substituído por outro interrogador.

PAÍS DE ORIGEM: "Plano Mental" (pode ser código para Moscou).

IDIOMA: Consegue falar inglês normal e de trás para a frente.

RAÇA: ... Triângulo?

GÊNERO: Vou só escrever triângulo de novo.

ESPÉCIME 3 DO HANGAR 618

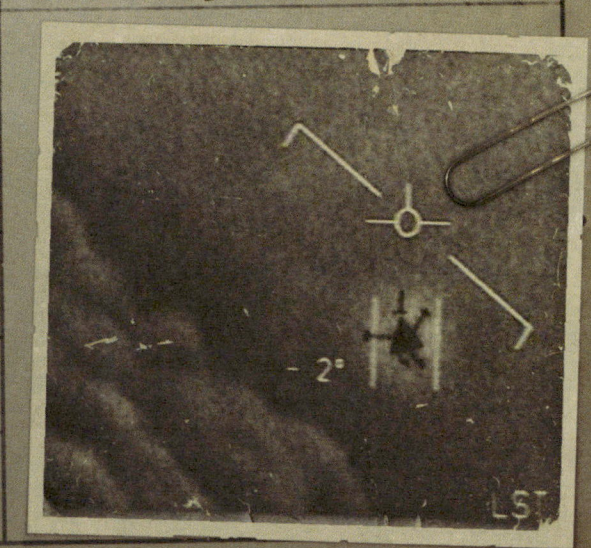

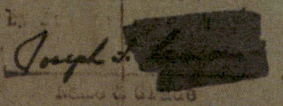

CONFIDENCIAL
ULTRASSECRETO

GRAVAÇÃO - 103
EVIDÊNCIA...B
(BISSELL)

FD-72
(1-10-49)

42148

Formulário nº 1 **CÓPIAS DESTRUÍDAS**

ARQUIVO # 29121239168518

TIPO SANGUÍNEO Indescritível.
Dois de nossos homens tiveram que ser enviados para a enfermaria para tratar náusea.

333.9 – Assist. Chefe de Gabinete, G-2
RELATÓRIO FEITO POR
7C

MOTIVAÇÃO: Difícil dizer. Ele afirmou que faria um acordo: ele nos daria informações sensíveis em troca de um mero aperto de mão com o presidente Truman. Por mais que não gostemos de envolver o presidente, um aperto de mão parecia um preço pequeno para desvendar esse incidente. O que poderia dar errado?

Então ele disse: "Imagino como seria legal se todas as bombas nucleares detonassem ao mesmo tempo".

Decidimos negar o aperto de mão.

RELATÓRIO DE AUTÓPSIA:
Ele desenhou uma linha pontilhada no próprio peito e disse: "Mal posso esperar para ver o que tem dentro de mim!", mas, quando tentamos fazer a incisão, ele começou a desaparecer e reaparecer, como uma televisão mudando de canal. Ele afirmou que aquilo era um dano causado por uma "ruptura acidental da realidade" e não diria mais nada até que déssemos um "pirulito bem grande para ele". Por fim, com um estouro alto que fez nossos ouvidos zumbirem, ele desapareceu, deixando para trás uma gravata-borboleta girando no chão. Nenhum de nós entendeu nada.

DEDÃO E.   **DEDÃO D.**

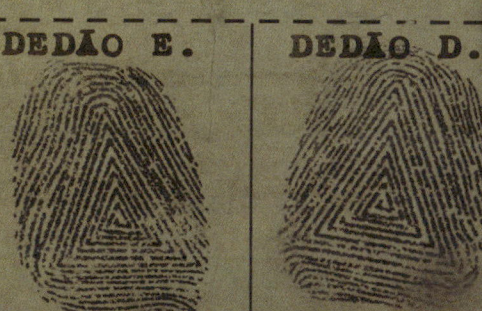

ATUALIZAÇÃO: Recebemos uma ligação do Bureau de ▓▓▓▓▓▓▓▓ exigindo que queimássemos todos os registros e lhes entregássemos o caso. Respondi que "nunca ouvi falar de vocês", eles disseram: "Você provavelmente também nunca ouviu falar de Trembley. Vamos continuar assim". Para falar a verdade, não me importa que seja uma pegadinha, fico aliviado em obedecer.

IMPRESSÕES BEM BIZARRAS

ESTA FICHA NÃO PODE SER REMOVIDA DO ARQUIVO!

CONTROLE Nº
510

OCS FORM 2-2
1 MAR 49

AGENTE

OS ANOS DANÇANTES

OS CIPHERTONES
Não seja quadrado, Sejá um triângulo
Dance o Bip!

Garota, você sabe que eu vou, viu? (apertar a mão do Bill)

Bee-Bop Shoo-Wop-Dooble-Dop-Mooble-Mop-Dibble-Hop-Wibble-Wop
(A canção do "Bill Cipher")

O jeito mais rápido de entrar no cérebro dos humanos é pelos ouvidos — mas todas as bandas que eu começava terminavam em fracasso! Gritinho e as Gritantes, Os Inaudíveis, Dr. Prego e a Gangue da Lousa. Até eu formar Os Ciphertones! Merv Rascal, Doo-Wop Devon e o "Bopper de Tamanho Moderado" tinham um estilo de canto no qual eu nunca tinha pensado antes: agradável!

"Garota, você sabe que eu vou (apertar a mão do Bill)" (1954) estourou nas paradas, até que um pânico moral começou por causa da letra: "Dá o pulinho da meia / gire e dance! / Então construa um anel de titânio capaz de estabilizar um portal para o vazio sombrio dos gritos".

Qualquer referência a mim foi banida das rádios, exceto por porcarias caipiras como esta! O lado bom é que este disco serve bem como frisbee. Se você encontrar uma cópia, mire na monocelha do "Jim Dedilhado" Puckett!

Palestra Chata Records — HIGH FIDELITY

CIPHER É REAL
"JIM DEDILHADO" PUCKETT

"Eu odeio Bill Cipher mais do que amo o meu filho!"

CONTÉM: IODELEI CRÍTICO

Country Music

A década de 1980

Chegou mesmo a hora de pensar FORA DA CAIXA! Firmei acordos com alguns nerds da tecnologia para criar o primeiro computador capaz de hipnose em massa. Era escrito em código trinário! Infelizmente, os programadores ficavam pulando de pontes, e o protótipo lançado foi recolhido quando o drive de disquete comeu o dedo de uma criança idiota. Ops!

Finalmente, um computador que monitora VOCÊ!

Talvez alguns dos Maniacintosh Ciphervision 1000 ainda existam em algum lugar do porão do seu pai — veja se você consegue encontrá-lo! Tínhamos duas cores inteiras E um jogo chamado *Caça-Mentes*, que apagava as suas lembranças! Onde está o meu prêmio de Jogo do Ano, hein?

Zero erros de design!

Maniacintosh™

"Eu *vou* comer seu dedo!"

> Será que essas coisas poderiam fazer lavagem cerebral para convencer um exército de vovós a costurar um portal para mim? Olha, eu estava ficando sem ideias, tá bom? Mas esses eram produtos de QUALIDADE!

TRI ANJOS®
A COLEÇÃO

Por Martha

MENOS VENENO MAIS VALOR — Agora Com UM POUCO MENOS de Chumbo!

"MELHORES AMIGOS"

*NÃO É O TAMANHO REAL

Desde 1993, nós da **PequeninosQueridinhos**™ criamos lindos colecionáveis feitos à mão, perfeitos para idades entre 79 e 101! Agora temos o prazer de lançar a Coleção "Tri-Anjos", com desenhos que nossa fundadora, Martha Frubbins, alucinou depois de acidentalmente inalar gases tóxicos de lustra-móveis. De acordo com Martha, esses adoráveis personagens representam "meu verdadeiro mestre; Cipher é seu nome, em pesadelos ele reina". Nesse momento, Martha começou a tremer de maneira muito violenta e a espumar pela boca, tagarelando em um idioma desconhecido aos humanos. **"JUNTEM TODOS OS SETE COLECIONÁVEIS PARA ABRIR O SELO"**, ela gritou, com uma gosma negra jorrando de seus olhos, e seus gatos começando a levitar. Essa é a nossa Martha!

SERÁ QUE VOCÊ CONSEGUE COLECIONAR TODOS antes do fim dos tempos? Bill Cipher, o "Rei do Medo", logo estará aqui, cavalgando uma carruagem de caos, e apenas pouparemos aqueles que tiverem seus colecionáveis! Não fique para trás!

Traga esta propaganda até a loja e grite o mais alto possível até eles darem o seu próprio Tri-Anjo!

"DOCES SONHOS"

"FUI PESCAR"

Novo!

- **Feito com AMOR**
  (Também feito com um composto exclusivo de carbono, hidrogênio, nitrogênio, enxofre e cloro.)

- **O peso perfeito para matar um homem!**

"ABENÇOE NOSSAS TROPAS"

A Coleção Tri-Anjos
333 Sundapple Lane, Cozy Creek, IL, 60714-94611
Por favor, responda prontamente

Assinatura: _____
Srta./Sra./Sr.: _____
Endereço: _____
Cidade: _____ Estado: _____ CEP: _____
Telefone: (_____)_____
Seu medo mais profundo: _____

Eu tinha que admitir.

Minha grande aposta na Terra estava começando a parecer um fracasso. Todos os meus parceiros humanos haviam me traído, enlouquecido ou derretido por radiação do portal. Eu estava considerando a ideia de desistir e tocar o berrante que invocava ⊵⋈⋈⊳⌒⌒ para se erguer dos oceanos e afogar a humanidade em salmoura, quando, de repente, senti um calafrio atravessando todo o meu corpo e comecei... a rir. Descontroladamente. Eu ri tanto que o sinal foi detectado por todas as antenas de radar da Antártida até a Nasa e a estação espacial soviética! Ri tanto que todos os semáforos da Terra piscaram em amarelo. Ri tanto que meus Capangamaníacos lentamente recuaram para fora da sala.

ALGUÉM TINHA CONSEGUIDO!

Alguém tinha revertido o feitiço do xamã e me invocado de volta para Gravity Falls. QUEM PODERIA SER? Um gênio? Um idiota?

Ai.
Ai, meu Deus do céu. **SIM**.

Eram **ambos**.

Seis Dedos

E AÍ, ESPERTALHÃO?

Olhem para ele, pessoal. É assim que um parceiro deve ser. Sincero. O ego de um rei. A insegurança de uma atração de circo. E totalmente isolado de qualquer pessoa que pudesse afastá-lo dos meus planos. A sociedade chama essas pessoas de párias. Eu os chamo de Capangamaníacos.

Apareci em seus sonhos e, Aff, que mente ESPAÇOSA! O QI desse cara era altíssimo — e ele estava desperdiçando seu dom com o quê? Rascunhando listas de criptídeos de quinta categoria e colecionando mariposas? (Se ele algum dia tentar mostrar sua coleção de mariposas, pule de um penhasco.)

Não, não. Dei uma espiada em seus possíveis futuros e ri de prazer. Ele estava destinado a **muito mais**. E aquelas mãos... de repente, tudo ficou muito óbvio. O zodíaco do Xamã não era uma prisão que deveria me prender: era um TRUQUE para tentar me manter longe dos humanos que eu poderia USAR! Seis Dedos e eu formaríamos a equipe perfeita. Eu tinha aquilo que ele sempre desejou — carisma —, e ele tinha aquilo que eu queria — dedos.

Já que você e eu somos amigos, que tal se eu deixar você espiar algo muito raro? O Seis Dedos era muito melhor em fazer ciência do que em fazer amigos e arrancava páginas do diário que estivessem relacionadas a seus problemas com os outros... sobretudo comigo. Quer ver o que ele estava escondendo? Nós dois sabemos que você quer.

> Ah, cara! Espero que ele me desenhe bem!

AS PÁGINAS PERDIDAS DO DIÁRIO

Perdido na Mata

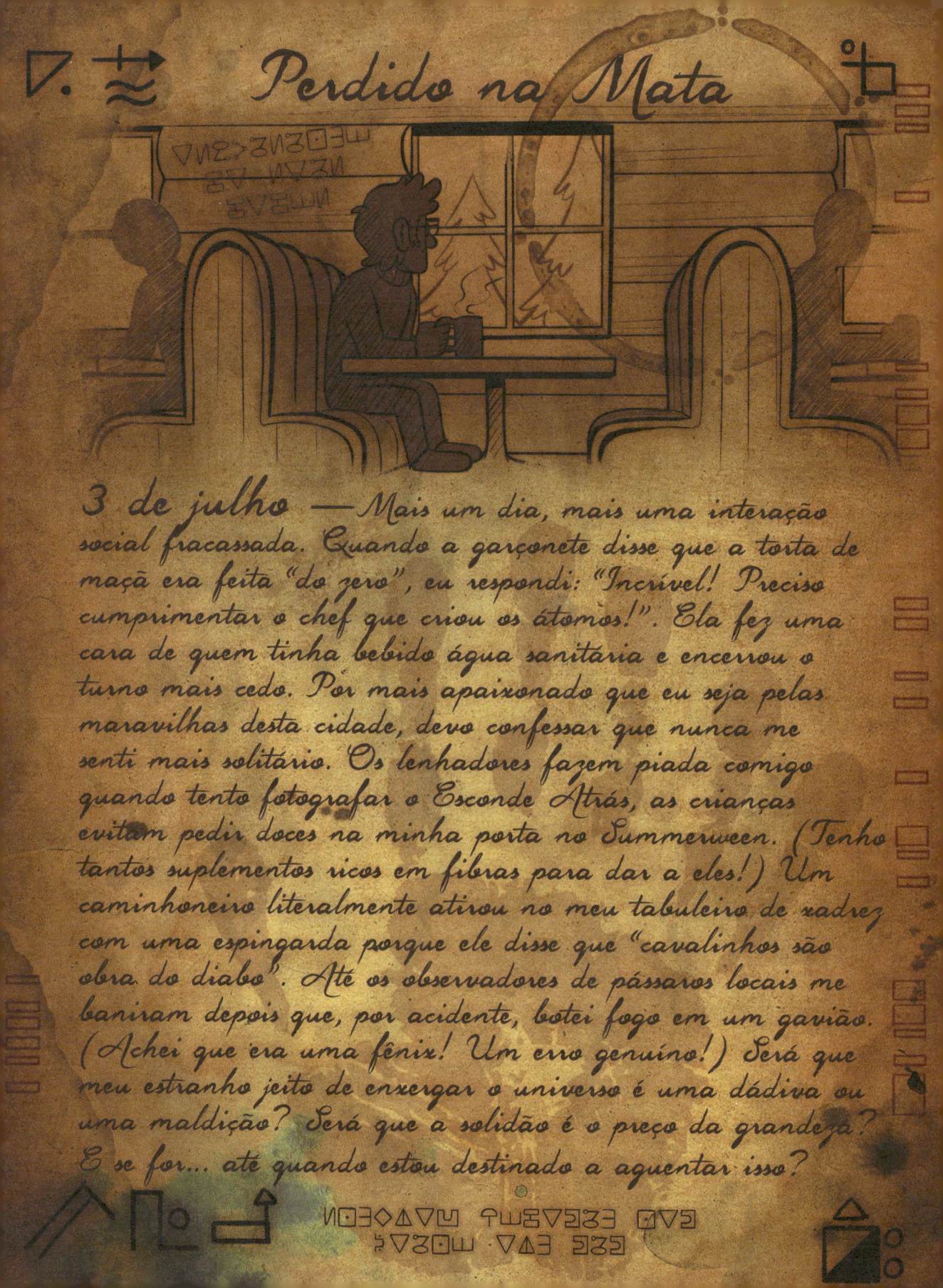

3 de julho — Mais um dia, mais uma interação social fracassada. Quando a garçonete disse que a torta de maçã era feita "do zero", eu respondi: "Incrível! Preciso cumprimentar o chef que criou os átomos!". Ela fez uma cara de quem tinha bebido água sanitária e encerrou o turno mais cedo. Por mais apaixonado que eu seja pelas maravilhas desta cidade, devo confessar que nunca me senti mais solitário. Os lenhadores fazem piada comigo quando tento fotografar o Esconde Atrás, as crianças evitam pedir doces na minha porta no Summerween. (Tenho tantos suplementos ricos em fibras para dar a eles!) Um caminhoneiro literalmente atirou no meu tabuleiro de xadrez com uma espingarda porque ele disse que "cavalinhos são obra do diabo". Até os observadores de pássaros locais me baniram depois que, por acidente, botei fogo em um gavião. (Achei que era uma fênix! Um erro genuíno!) Será que meu estranho jeito de enxergar o universo é uma dádiva ou uma maldição? Será que a solidão é o preço da grandeza? E se for... até quando estou destinado a aguentar isso?

CIPHER SE MANIFESTA

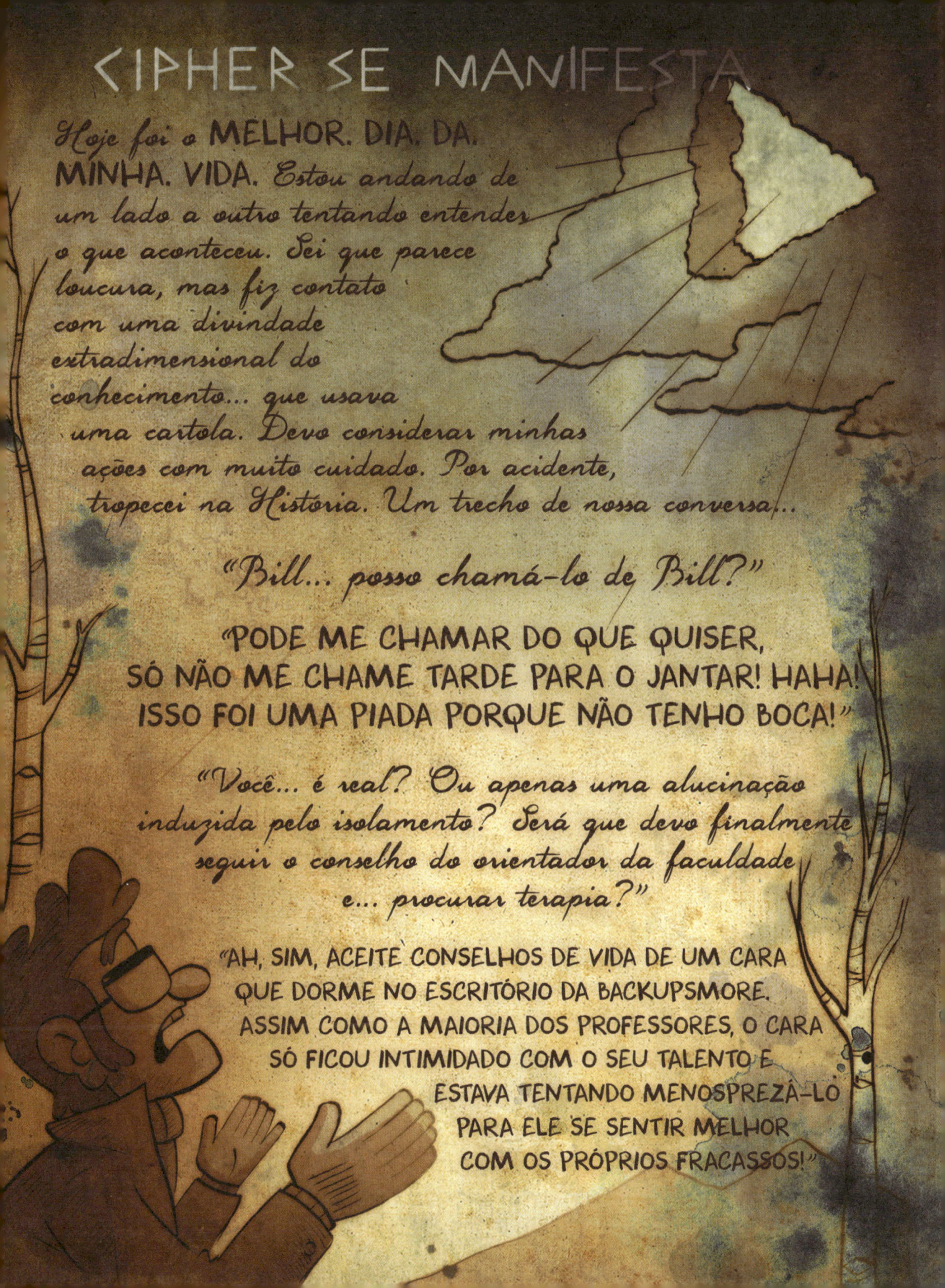

Hoje foi o MELHOR. DIA. DA. MINHA. VIDA. Estou andando de um lado a outro tentando entender o que aconteceu. Sei que parece loucura, mas fiz contato com uma divindade extradimensional do conhecimento... que usava uma cartola. Devo considerar minhas ações com muito cuidado. Por acidente, tropecei na História. Um trecho de nossa conversa...

"Bill... posso chamá-lo de Bill?"

"PODE ME CHAMAR DO QUE QUISER, SÓ NÃO ME CHAME TARDE PARA O JANTAR! HAHA! ISSO FOI UMA PIADA PORQUE NÃO TENHO BOCA!"

"Você... é real? Ou apenas uma alucinação induzida pelo isolamento? Será que devo finalmente seguir o conselho do orientador da faculdade e... procurar terapia?"

"AH, SIM, ACEITE CONSELHOS DE VIDA DE UM CARA QUE DORME NO ESCRITÓRIO DA BACKUPSMORE. ASSIM COMO A MAIORIA DOS PROFESSORES, O CARA SÓ FICOU INTIMIDADO COM O SEU TALENTO E ESTAVA TENTANDO MENOSPREZÁ-LO PARA ELE SE SENTIR MELHOR COM OS PRÓPRIOS FRACASSOS!"

"Meu talento?"

"Ding, ding, ding! Caras espertos como você aparecem uma vez a cada século e assustam todas as figuras de autoridade! Confie em mim, conheço todos eles! Eu vejo que um dia você estará na capa de todas as revistas — mas apenas se fizer os movimentos certos de xadrez no jogo da vida, amigão! Posso chamar você de amigão?"

"Pode me chamar do que quiser, só não me chame tarde para o jantar."

"Ah! Você aprende rápido! Acho que estou começando a gostar de você, Seis Dedos!"

"Acho que estou começando a gostar de você, Bill."

"Aliás, sabe aquela nota A – que você tirou na terceira série? Totalmente injusto."

"CARAMBA, você também acha??? Obrigado! Ainda acho que foi um..."

"Uso perfeitamente legítimo da vírgula!"

"Uso perfeitamente legítimo da vírgula!"

"Falamos juntos! UAU! Saia da minha cabeça!"

"Você primeiro."

Meu Mentor & Eu

Conheço meu Mentor há apenas um ano e não consigo acreditar no quanto ele enriqueceu a minha vida desde então. Não são apenas suas previsões incríveis sobre o futuro. Ele acelera minha mente quando ela está lenta e me acalma quando estou ansioso. Ele me dá respostas espertas quando sou insultado e coordenadas específicas na cidade para encontrar fantasmas Classe Três e Classe Dez. Ele até reconectou meus nervos ópticos para me permitir enxergar uma oitava cor do arco-íris nunca antes detectada por olhos humanos! (Eu a nomeei de "Fordtramarinho" e, se pudesse descrevê-la em uma única palavra, eu a descreveria, mas simplesmente não consigo.)

FORDTRAMARINHO!

Em troca, tudo o que ele pediu foi minha companhia e às vezes ser seu parceiro de luta em seus enigmas. (E fazer esta tatuagem, que significa "O Sábio" em seu idioma nativo. Ainda estou considerando o pedido.)

Mas então ele desaparece por semanas, às vezes até meses, e fico sozinho refletindo. Será que foi tudo coisa da minha cabeça? E se foi... será que seria suficiente?

15 de junho

Eu estava correndo pelo laboratório tentando pegar um Louva-Chaves (que tentava destrancar as portas da minha casa com seus braços de chave infernais) quando avistei o calendário. Senti um frio no estômago ao perceber... que era meu aniversário. Esse dia se tornou... estranho, desde que S. e eu... nos separamos. Pior ainda, abri minha porta para encontrar uma pilha de ratos mortos inexplicavelmente deixados ali formando a palavra FORD. Não faço ideia de quem teria feito isso. Será que eu já tinha cultivado tantos inimigos na cidade? Isso parecia um bom sinal para terminar o dia e ir dormir mais cedo.

POR QUÊ??

E quem encontrei esperando por mim em meus sonhos? O meu Mentor. "Você gostou do meu presente? Não foi fácil possuir tantos raaaatos!" Fiquei estupefato... ele tinha mesmo se lembrado do meu aniversário?? Tentei explicar que sua noção dos costumes humanos era... imprecisa. "Que tal se eu preparar um drinque para você?! Chama-se 'Espasmo Mioclônico' e te deixa bêbado nos sonhos. O Salvador Dalí adorava esse drinque!" Fiquei lisonjeado, mas recusei educadamente — não sou de beber muito. Ele insistiu: "Vou convencer você amanhã à noite!" Ah! Duvido!

TALVEZ EU NEM DEVESSE ESTAR ESCREVENDO ISSO, MAS TIVE UM SONHO TÃO DOIDO??? UAU, QUE ERA DE NOITE! E AGORA É DE MANHÃ? CILL BIPHER~... ELE FEZ UM SONHO? CARA O QUÊ? ENTÃO UMA COISA LEVOU A OUTRA COISA E NORMALMENTE TENTO FICAR SÓBRIO, MAS... ELE PREPAROU UM DRINQUE DOS SONHOS E??! TENHO QUE DIZER. TENHO QUEEE DIZEEER. SÓ TENHO QUE DIZER. OLHA, SÓ ESTAMOS EU E MEU DIÁRIO AQUI, TENHO QUE DIZER: ESSE TAL DE BILL SABE DE TUDO MESMO. E TAMBÉM OS RATOS FORAM IDEIA DELE? AGORA EU ENTENDO. EU VOU, NÓS VAMOS... QUE NOITE. QUE RESSACA. VOU DORMIR O DIA INTEIRO. AD ASPERA ASPIRINA

STANFRORD
PI

"TRAPACEIRA"
ELA TRATA A SUJEIRA

VALOR! R$ 150

ESPONJA EM QUE VOCÊ PODE CONFIAR!
LIGUE 1-650-555-SUJA

INACREDITÁVEL!!

Uma Voz do Passado

Eu estava ajustando a antena da TV para sintonizar a previsão do tempo (procurando condições ideais para o primeiro teste do portal de F.) e cuspi meu café quando vi ISSO! Meu irmão vendendo produtos fraudulentos sob o nome de "Panley Stines". Pensei em ligar para o número e fingir que eu era um policial, só para dar um susto no S. e ver se ele aprende de vez! É tão estranho ver o PRÓPRIO ROSTO cometendo crimes na sua TV! Quando meu Mentor me viu destruir a bola de estresse, decidi que enfim havia chegado o momento de extravasar sobre o Stanley.

"Pense assim: você tem um clone inferior!
Por que simplesmente não o devorou dentro do útero?
Pense em como você se tornaria poderoso!"

"Você não pode simplesmente comer o seu gêmeo, Bill."

"Você ficaria surpreso se soubesse tudo o que pode comer! Eu diria, claro, ligue para o seu irmão se quiser que ele volte a se aproveitar de você! Quanto a mim, nunca mais entrei em contato com minha dimensão natal e não me arrependo. Eles só me atrasavam e sabotavam meus talentos! Dá para acreditar nisso?"

"Mais do que você imagina. Mas às vezes você se pergunta se... talvez as coisas pudessem ter sido diferentes?"

"Ouça alguém que já tentou antes: você não pode mudar o passado! A menos que queira descongelar um bebê gigante em uma geleira."

"Como assim?"

"Só modo de falar. Significa 'perder tempo'."

"Então acho que você nunca mais vai poder voltar para casa, não é?"

"Não mesmo! Minha dimensão foi reduzida a cinzas. Quer ver a única coisa que restou?"

Cipher tirou a cartola e pegou de dentro dela um único floco de poeira. Os últimos átomos de uma realidade demolida. Fiquei estupefato.

"Como é? A sua dimensão natal INTEIRA? Destruída? Como? Pelo quê?"

Bill ficou distante, mais distante do que nunca.

"Por um monstro."

"Isso é... inimaginável. Você chegou a rastrear essa fera, para se vingar? Eu poderia ajudar... Eu poderia caçar esse monstro!"

Ele riu sem alegria alguma.

"Seis Dedos, o monstro comeria você vivo."

Uma Pausa de Inverno

O inverno chegou em Gravity Falls! O gelo cobre o telhado, os especiais de Natal estão passando na TV (A rena do nariz vermelho salva o Natal de novo 3) e o progresso no portal emperrou. Um bando de gnomos selvagens se escondeu do frio no calibrador dimensional — vai demorar uma semana só para desentupir os pelos de barba!

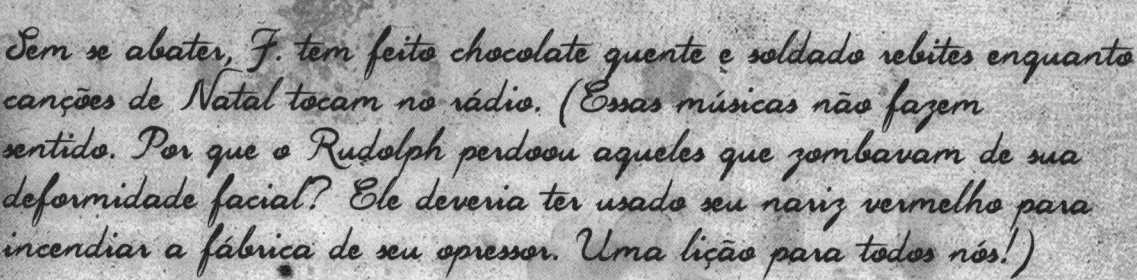

Sem se abater, F. tem feito chocolate quente e soldado rebites enquanto canções de Natal tocam no rádio. (Essas músicas não fazem sentido. Por que o Rudolph perdoou aqueles que zombavam de sua deformidade facial? Ele deveria ter usado seu nariz vermelho para incendiar a fábrica de seu opressor. Uma lição para todos nós!)

Admito que nunca entendi o apelo do solstício. A ideia do meu pai de um presente de Hanucá era uma "amostra grátis" da fábrica de tijolos, e a neve em Nova Jersey era feita basicamente de cinzas de charuto e bicos de gaivota. Nosso dinheiro para aquecer a casa era tão pouco que a mamãe forçou o S. e eu a usarmos um único suéter ao mesmo tempo. (Ela chamava isso de o "Abominável Stan de Neve". Nosso gato ficava o ano inteiro com medo dele.)

← AZEVINHO DA REGIÃO

⬛⬛ ⬛⬛.⬛

Imerso no trabalho, fui surpreendido hoje quando o F. me deu um presente: um **GLOBO DE NEVE** com o nosso laboratório, criado por ele mesmo, com neve de purpurina. Tive que rir diante da noção de nossa fortaleza secreta sendo vendida como presentinhos. E ele foi ainda mais atencioso: costurou um par de luvas de seis dedos! (Você não faz ideia de como é difícil encontrar isso nas lojas.)

GLOBO DE NEVE DO LABORATÓRIO

Mas meu prazer logo se transformou em vergonha — não tinha me ocorrido comprar nada para ele. F. me assegurou que fazer parte da história da ciência era um presente suficiente. Ele gostaria apenas de um dia segurar meu Prêmio Nobel. Isso foi mais do que pude aguentar — falei-lhe que tiraríamos o fim de semana de folga. Poderíamos talvez sair para caçar um iéti a fim de usar a pele dele em um casaco de Natal. Ora, talvez eu até comprasse algum tipo de "gemada".

↑ LUVAS DE SEIS DEDOS

Mas F. confessou que voltaria para casa e visitaria Emma-May naquela semana, deixando-me sozinho no laboratório para o Natal. É claro... quem poderia culpá-lo? Por vezes, eu me esqueço de que existe um mundo fora do meu laboratório.

Espero que meu Mentor me visite logo... Nas últimas semanas, ele esteve sumido, o que é estranho...

⬛⬛ ⬛ ⬛⬛ ⬛

O isolamento estava cobrando seu preço quando ouvi um barulho alto e vozes lá fora. Será que F. já tinha retornado? Será que tinha trazido sua família? Saí e encontrei a varanda vazia, e ainda mais estranho...

PEGADAS MISTERIOSAS

ELAS DESAPARECEM!

As pegadas começam e param no... centro da neve. Como é possível? Fantasmas e escoteiros não vão embora sem antes atazanar o proprietário, e o cheiro de fumaça no ar sugeria um evento sobrenatural.

TAMANHO INFANTIL

De qualquer maneira, se havia crianças perdidas na propriedade, era preciso encontrá-las de imediato. Peguei minha lamparina e saí para investigar.
Com o passar dos anos, eu me tornei especialista em identificar pegadas em Gravity Falls e não deixaria aquelas sem identificação...

Pegadas de Inverno em Gravity Falls

← IÉTI

BABA YAGA

BEBÊ YAGA

ORCA TERRESTRE

RAPOSA GELADA

MARMOTA PROJÉTIL

COBRA DE LANTEJOULA

KRAMPUS

Cercado pela Neve

MALDIÇÃO! Em questão de minutos, fui vítima do clima imprevisível de Gravity Falls. (A cada inverno, experimentamos nevascas paleolíticas, ondas de calor e até "granizo de codorna" várias vezes.) Com o frio me encurralando, eu me escondi em uma caverna para não congelar. Mas foi então que notei algo ainda mais arrepiante do que o clima. Havia um segundo rastro de pegadas atrás de mim. Como cascos de um animal. Ouvi um tilintar no ar, o farfalhar de ramos e então...

ESCURIDÃO. Quando acordei, eu estava amarrado em um enorme barril, delirando, sendo carregado pela neve. Eu me virei e vi que não estava sozinho: quatro crianças amedrontadas estavam comigo. No mesmo instante eu soube com o que estava lidando. Soltei um suspiro por ser tão estúpido.

O Krampus

Flagelo do solstício!

BARRIL DAS CRIANÇAS LEVADAS

BAFO DE CANELA

OUÇA O TILINTAR!

O Krampus começou a falar. Meu alemão antigo não é dos melhores, mas consegui traduzir algo como "Ah, minhas crianças levadas acordaram! Vamos, encham a pança com meus deliciosos doces de ameixa!". Conversei com as crianças no barril.

"Pessoal, vou ser sincero com vocês. Nenhum conto de fadas que começa com doce de graça termina bem para as crianças. Sobretudo as histórias alemãs. Foi mal, Hans. Sigam à risca as minhas instruções se quiserem viver." Elas assentiram com seus rostos rosados quando suspirei e perguntei qual preço sobrenatural ele exigia em troca de nossa liberdade. Era óbvio que o Krampus estava à espera dessa pergunta.

"Só vou libertá-los se me contarem uma alegria natalina com que presentearam outra pessoa." Isso foi a gota d'água. Minha tolerância para aquela bobagem de conto de fadas tinha chegado no limite. "Nossa, criptídeos folclóricos são sempre tão moralistas. Literalmente, quem é você para dizer como devo viver minha maldita vida? Como VOCÊ está me julgando?! Você é um bode errante e pelado que coloca crianças em um barril! A sua sorte é que não tenho granadas comigo!"

Com a garra, ele desenhou um pentagrama vermelho brilhante na neve, e consegui ver o chão começando a se abrir para o seu covil.

Olhando pelo lado positivo, parecia bem quente lá! Pelo lado negativo, parecia o inferno. Meu Mentor não estava em parte alguma. Comecei a pensar em como seria meu obituário quando PAFT! O KRAMPUS foi nocauteado. Uma figura poderosa apareceu, iluminada por trás pelo sol, segurando um... banjo? Era... o meu assistente! J.!

Nós nos abraçamos. Eu não podia acreditar que meu assistente havia voltado tão cedo! Ele explicou que a reunião de família não tinha sido como esperado. Parece que ele e a esposa brigaram feio quando ela percebeu que ele havia esquecido de lhe comprar... um presente de Natal.

Perguntei se havia algo que pudesse alegrá-lo. Talvez se chutássemos o Krampus desmaiado? As crianças estavam batendo na criatura com paus e se divertindo muito! Mas J. estava devastado e tremendo por causa do encontro. O Natal não tinha sido como ele esperava, e não tinha lhe restado alegria alguma. J. se retirou para seus aposentos, derrotado...

Naquela noite, chamei F. até o laboratório para uma atualização urgente do portal! Admito que não foi o uso mais eficiente da nossa eletricidade, mas o sorriso em seu rosto provou que eu tinha tomado a decisão certa. Até coloquei para tocar a música favorita dele: "A vovó foi atropelada por uma rena" (um sacrifício maior do que qualquer outro que já fiz).

Ele perguntou se eu finalmente estava começando a gostar do Natal ou se aquilo era apenas para impedir que o Krampus voltasse. Respondi que era hora de tomar gemada até não lembrarmos mais o que era um Krampus. Passamos o restante da noite construindo bonecos de neve e nos lembrando dos bons tempos. Às vezes, pode ser difícil encontrar um momento para celebrar quando você está perdido no frio... mas fica mais fácil com luvas novas.

O Retorno do Mentor

Na manhã seguinte, acordei do meu coma de gemada e encontrei meu Mentor sentado na estante como um elfo vigilante.

"Feliz Halloween! Capturou algum leprechaun?"

Tomei um susto tão grande que derrubei o globo de neve do F., que se espatifou no chão. Eu não conseguia mais esconder minha frustração. Depois de todo esse tempo, ele escolheu reaparecer justamente agora? Quase fui assado vivo pelo Krampus, e onde ele estava? Em algum lugar inspirando outro cientista? Posando para alguma tapeçaria? Éramos mesmo parceiros? Ele jogou a acusação de volta bem na minha cara.

"Ei, não sou eu que está evitando trabalhar no portal para festejar com um caipira segurando vela que não tem fé no nosso projeto!"

Comecei a discutir — mas ele tinha razão. Nos últimos tempos, F. parecia cada vez menos comprometido com o trabalho.

"Sei muito bem que ele fica sonhando acordado sobre desativar o projeto inteiro. Estou avisando... fique de olho nele."

Fiquei constrangido pela minha explosão de raiva. O isolamento me deixou paranoico. Pedi desculpas por meu lapso de compostura. Meu Mentor relevou.

"Não se preocupe, amigão! Quando não sei o que fazer, tenho um truque que uso para descobrir em quem devo acreditar."

"E qual é o truque?", logo perguntei.

"Não confie em ninguém."

STANLEY PINES
"Posso enfiar minha mão inteira dentro da boca!"
Universidade:
Quem quer saber?
Clubes sociais:
Fã-clube do Stanley Pines! (único membro)
Destaque do último ano:
Menos provável de escapar de Nova Jersey
Classificação acadêmica:
(Em vez de responder, Stanley entregou
o desenho de um gambá com uma faca.)

STANFORD PINES
"Ad Astra Per Aspera"
Universidade:
Instituto da Costa Oeste   BACKUPSMORE
Clubes sociais:
Clube do Xadrez, Sociedade de Honra,
Equipe de Robótica, Sociedade em Defesa do
Sistema Métrico, Mosqueteiros da Gramática,
Mestres da Astronomia, Associação Pedante
(na verdade, preferimos "Associação dos Pedantes".
Por favor, faça essa correção ou prepare-se para
receber uma grande pilha de cartas.)
Destaque do último ano:
Mais provável de se
tornar bem-sucedido
Classificação acadêmica:
Primeiro da classe

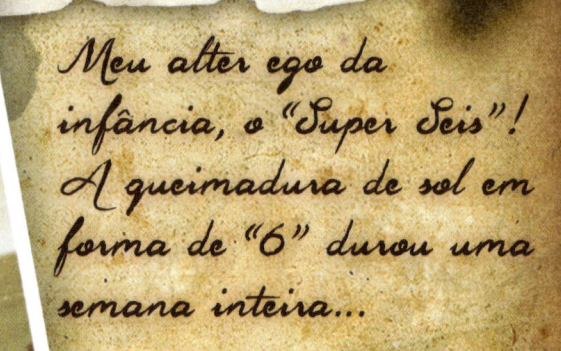

Meu alter ego da infância, o "Super Seis"! A queimadura de sol em forma de "6" durou uma semana inteira...

NOSSA! Hoje de manhã encontrei F. lendo minha velha edição de <u>Lendas Urbanas de Nova Jersey</u>, onde nem me lembrava mais de ter escondido alguns velhos itens pessoais! Rapidamente escondi tudo de novo aqui, longe de olhos curiosos. Talvez meu Mentor esteja certo sobre F. estar chegando perto demais...

CÓDIGO SECRETO DOS MANOS

Sonho ou Aviso?

Meu coração martela no peito e os pelos se arrepiam no meu pescoço enquanto escrevo isto. Acordei de um sonho incomparável a qualquer outro que já tive. Era um lindo dia, eu estava desenhando uma cotovia amarela no meio de uma clareira, assobiando uma canção qualquer dos anos 1960 cuja letra eu não lembrava (acho que era de James e Bobby?) quando o passarinho voou, assustado. Na escuridão da floresta, a horda de almas perdidas de toda a história se lançou contra mim, com um líquido preto derramando de suas bocas. Os membros se penduravam soltos, tal qual marionetes, e eles começaram a falar em uníssono, repetindo as mesmas palavras de novo e de novo, como um disco riscado:

"TENSÃO GRANDEH"

Muito desesperado, tentei perguntar o que queriam dizer, mas, por mais alto que eu gritasse, nenhum som saía da minha boca. À medida que aquele mantra ficava mais alto, a floresta de súbito foi TOMADA por um incêndio, uma risada ecoando e então... acordei no chão, ofegante, depois de cair da cama.

O QUE SIGNIFICA?

Senti no meu âmago que aquilo era um alerta, mas de quê? Quanto mais pensava, mais eu mesmo sentia uma "tensão crescente". Mas então eu me lembrei do meu amor da infância por ANAGRAMAS. (Quando percebi que o nome do Paulinho Raiz, o valentão da cidade, podia ser reorganizado como "nariz ou pilha", ele nunca mais tirou sarro de mim!) Peguei as letras magnéticas da minha geladeira e comecei a trabalhar. Mas, a cada tentativa, minha frustração apenas crescia!

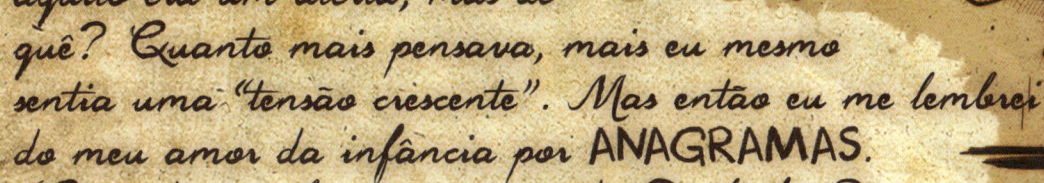

POSSÍVEIS ANAGRAMAS

T E N S Ã O G R A N D E H

POSSÍVEIS ANAGRAMAS

SANGRA DO TENHE
GANHAR TODENES
ADENTRA SONHEG
NADA TENHO GRES
SONHANDA TERGE ... AH!

Droga. A resposta me escapa. O clima melhorou e as condições são quase perfeitas para o grande dia. J. me convidou para jantar no Gorduroso para brindarmos o teste de amanhã. Talvez minha mente também melhore depois do triunfo de nosso lançamento...

EU ESTAVA ERRADO SOBRE TUDO!

DESLIGUEI O PORTAL! MALDIÇÃO!

Minha mente continua acelerada pelo horror e pela humilhação. Como posso ter sido tão tolo a ponto de deixar o Bill entrar na minha cabeça? E como posso impedir esse apocalipse iminente?! F. me abandonou por causa da minha arrogância, e Cipher está estranhamente em silêncio. Não há tempo a perder — preciso DESTRUIR O PORTAL, QUEIMAR MEUS DIÁRIOS E DEIXAR A CIDADE PARA SEMPRE! Agora vou sair para buscar lenha. Você pode me atormentar o quanto quiser, Cipher, mas seus jogos enfim cessaram.

3 HORAS DA MANHÃ

Fiquei olhando para o fogo, com os diários na mão, por horas. Não consigo. O conhecimento aqui pode ser uma dádiva para a humanidade, o potencial do portal é infinito. Será que preciso mesmo destruir tudo só para irritá-lo? Não, não vou dar a ELE essa satisfação! Em vez de destruir meu trabalho, vou encontrar um jeito de DESTRUIR O BILL. Se Cipher tem uma fraqueza, vou descobrir! Ainda vou passar a perna naquele diabo!

Ele pode ser um deus, mas eu sou um cientista.

Primeiro passo: descobrir um jeito de impedir que Cipher entre em meu laboratório e reinicie o portal enquanto eu estiver dormindo. A porta está protegida por uma senha, mas Bill pode invadir minha mente, então ele vai saber tudo o que sei: códigos, chaves secretas e tudo mais. COMO POSSO MANTER CIPHER LÁ FORA ENQUANTO ESTOU DENTRO?

9 HORAS DA MANHÃ

FUNCIONOU! Ontem à noite instalei um ESCÂNER DE RETINA. A possessão do Bill altera sutilmente as pupilas de suas vítimas. Agora posso entrar no meu laboratório quando eu estiver acordado, mas Bill não pode! Só que isso não o impediu de tentar...

Hoje de manhã acordei e meus punhos estavam machucados e sangrando. Cipher deve ter socado e arranhado a porta de aço, tal qual um animal enjaulado durante a noite toda em um frenesi para entrar. Quebre meus ossos se quiser, Cipher, mas você não pode quebrar meu espírito! Vou pesquisar um jeito de erradicar a sua conexão com meu mundo, guardar meus diários e recuperar minha reputação! Vou à biblioteca para ver se encontro alguma fraqueza que possa levar à queda de Cipher.

As más notícias: fui banido da biblioteca. As crianças começaram a reclamar do meu cheiro. Vocês estão cheirando a ciência, crianças! As boas notícias: descobri arquivos perdidos de uma SOCIEDADE ESQUECIDA DE CAÇA AO BILL! Embora os métodos dessa sociedade sejam visivelmente desatualizados, desenvolver algumas de suas ideias pode valer a pena. Veja o meu novo e melhorado:

TRAJE À PROVA DE BILL

1. PRECAUÇÕES CONTRA O SONO
Fones de ouvido tocam um loop infinito de erros gramaticais comuns. Não tem como eu dormir com isso!

2. CÉREBRO-ISCA
Para capturar o Cipher! Quando ele tentar escapar, os disparos sinápticos vão acionar o gatilho do...

3. LANÇA-CHAMAS DUPLO
Incinerando o cérebro falso e, com sorte, o Bill dentro.

4. DESFIBRILADOR
A possessão vai disparar um choque de mil volts, expulsando Bill do meu corpo. (Botas de borracha devem diminuir os ferimentos físicos.)

5. FEITIÇOS E BALAS DE PRATA
Meu irmão uma vez tirou sarro de mim quando dormi com uma estaca de madeira debaixo do travesseiro porque nosso vizinho parecia pálido demais. Acontece que o vizinho era só escandinavo, mas é melhor prevenir do que remediar. Todas as armas mágicas e os feitiços descritos no Diário 2 estarão à disposição!

6. ÓCULOS DE DETECÇÃO DO BILL
Já tentei usar uma pequena luz para detectar a possessão, mas estes óculos serão infinitamente superiores.

7. CAPA COSTURADA COM PELO DE UNICÓRNIO
Vou precisar convencer um unicórnio de que tenho coração puro. (Talvez eu precise inventar um raio purificador de corações.)

PARA DESTRUIR O BILL DE UMA VEZ POR TODAS!

REQUER PATENTE

Ainda não tenho um nome para essa arma... a Billzuca?

Loucura? Ou talvez louco o bastante para funcionar? Está na hora de ir ao necrotério roubar um cérebro! Estou me sentindo MUITO SÃO! Considere-me um membro honorário "ANTI-CIPHERITA"!

ZUM-BILLS!

Com uma serra de osso, uma espingarda e uma lanterna em mãos, fui até o mausoléu da família Valentino, um lugar que eu não visitava desde meu encontro com o Zelador-Fantasma.

(Ver Diário 2, "Estranhezas".)

Lembrei a mim mesmo, ao abrir caminho com um pé de cabra no necrotério, que era frequente os médicos do século 19 violarem tumbas em nome da ciência! Com certeza isso era moralmente justificável e não despertaria "maldição" alguma. Assim que adquiri um cérebro, notei o chão começando a tremer sob meus pés. Foi quando descobri dois fatos interessantes:

1) BILL CIPHER PODE POSSUIR CADÁVERES?
2) BILL CIPHER PODE POSSUIR CADÁVERES!

Dos TÚMULOS AO MEU REDOR emergiu uma HORDA DE CADÁVERES ESQUELÉTICOS COM OLHOS BRILHANDO. Corri para o carro, atirando contra os invasores com minha espingarda até sobrar apenas um de pé, bloqueando o caminho. Com a espingarda na mão, exigi respostas.

"Por que você está fazendo isso?! Por que não me deixa em paz?". Mesmo sem língua, o zumbi falou com a inconfundível voz de Bill Cipher.

"Ora, vamos lá, Seis Dedos. Nós dois sabemos que você não quer ficar sozinho de verdade. Admita, você ADORA o quanto o faço se sentir importante. E adoro ter um humano de estimação no meu bolso. Todos saem ganhando."

"Não se esqueça de quem de nós está empunhando uma espingarda!", eu o alertei. Ele abriu um sorriso monstruosamente largo.

"Fordinho, ninguém mais te entende, não é mesmo? Sem mim, você sempre se sentirá invisível, cercado por idiotas incapazes de reconhecer o seu verdadeiro potencial. Você sempre se sentiu sozinho em uma multidão, não é verdade? Quem mais vai te dar essa sensação de novo? Mesmo se livrando de mim, você sentiria a minha falta. Admita, você sentiria a minha falta."

Hesitei. "Sim, eu errei com você antes", respondi. Ele sorriu. "Mas a minha mira está melhorando."

ATIREI contra o último Zum-Bill e o derrubei no chão, depois atirei mais duas vezes para ter certeza. Eu estava tão exausto que mal conseguia ficar de pé. Mas eu sabia que cair no sono faria de MIM o seu próximo zumbi. Peguei o cérebro e fui para casa quando a neve começou a cair. Admito que fiquei orgulhoso da minha resposta espertinha... Tenho quase certeza de que ouvi essa piada do meu pai...

9 HORAS DA MANHÃ

A frustração só cresce. Sem a brilhante engenharia do F., construir o traje parece impossível. Pior ainda: sempre que eu cochilava, encontrava esses bilhetes ao acordar... grudados na minha testa. Fico respondendo aos meus próprios bilhetes, mas acordo e encontro outros. Isso está saindo de controle.

- PODEMOS CONVERSAR?
- NÃO!
- POR FAVOR?
- PREFIRO MORRER!
- AH, NÃO SEJA TÃO DRAMÁTICO
- SOU UM ESCRITOR. SOMOS TODOS DRAMÁTICOS.
- EI, QUER OUVIR UMA PIADA? NÃO
- TOC TOC!
- AGORA NÃO! ESTOU COM DOR DE CABEÇA
- É PORQUE FIQUEI FAZENDO TOC-TOC COM A SUA CABEÇA NA PAREDE!
- HA HA HA HA HA HA HA HA HA HA HA HA
- PARE DE DESPERDIÇAR MEUS POST-ITS!

MANCHA DE VENENO

ACORDA AGORA!

ÓIA A COBRA

MALDIÇÃO! Acordei de manhã com uma cascavel enigmática ocidental presa com fita adesiva no meu diário! Consegui prendê-la em um terrário sem ser mordido. (Acho.) Mas a minha paciência está chegando ao limite!

MUITO BEM, CIPHER!

SE É GUERRA QUE VOCÊ QUER, ENTÃO GUERRA É O QUE TERÁ!

VOCÊ QUER ME TORTURAR?
ENTÃO VOU TE TORTURAR TAMBÉM!

O mundo é eternamente pequeno depois de sempre

LADO A

INKWELL

ESTÁ VENDO ESSA FITA CASSETE?

SEI QUE VOCÊ A RECONHECE!

ISSO MESMO, A SUA CANÇÃO FAVORITA!

VOU OUVIR ESSA MÚSICA SEM PARAR ATÉ FICAR PRESA NA MINHA CABEÇA, O QUE SIGNIFICA QUE VAI FICAR PRESA NA SUA!

IMAGINA COMO DEVE SER TER UMA MÚSICA GRUDADA NA CABEÇA QUANDO VOCÊ VIVE POR UMA ETERNIDADE!
ESTÁ PRONTO PARA DESCOBRIR??

O QUE VOCÊ TEM A DIZER SOBRE ISSO?

A Guerra em minha Mente

HORÁRIO: ???

Uma manhã horrível. Um vento frio me acordou e descobri que eu não estava mais na cama, mas, sim, de pé no telhado, com gelo grudado no rosto, tremendo, quase azul de hipotermia, olhando para o chão lá embaixo. Bill me trouxe aqui. Eu sei que ele poderia ter me feito pular. Mas não o fez. Por quê? Para enviar uma mensagem: que eu sou o seu brinquedo. Cipher podia poupar minha vida ou tirá-la de mim. Se ainda estou vivo, é porque ele quer fazer um acordo. Vi fumaça subindo da chaminé e ouvi música tocando dentro de casa. Será que Bill tinha queimado meus diários enquanto eu dormia?! Corri para dentro e encontrei uma xícara de chá, um tabuleiro de xadrez, uma fita cassete tocando "Sweet Dreams", do Eurythmics, a lareira acesa e os ímãs de geladeira arranjados em uma mensagem.

OLHE AQUI

↓

DÊ O PLAY

Inseri a fita no videocassete e fiquei chocado. Quase não reconheci o eremita de olhos arregalados que me encarava: era eu mesmo. Ou melhor, era o Bill, no meu corpo, na noite anterior. Ele gravou uma mensagem.

"VOLTAMOS COM A HORA DO FANTOCHE COM O BILL! DIGAM OLÁ, CRIANÇAS! O FANTOCHE DE HOJE É O MEU VELHO AMIGO SEIS DEDOS. ELE TEVE UM DIA DIFÍCIL. MAS SUA NOITE FOI AINDA MAIS DIFÍCIL. QUEREM VER?"

Então, Cipher mostrou uma montagem horrível que havia filmado na noite anterior, usando O MEU CORPO para dar uma voltinha! Sempre que havia um corte na gravação, a imagem pulava para uma cena cada vez mais horripilante. Como se isso não fosse suficiente, ele deixou Polaroids da minha noite espalhadas no chão como o álbum de fotografias de um paciente mental!

"FESTEJANDO"

PRECISO QUEIMAR ESTA FOTO

PRECISO REMOVER COM LASER

MEU CORPO INTEIRO DÓI

Fazendo arruaça! Condições de trabalho impróprias! Uma tatuagem com a qual eu nunca concordaria em qualquer circunstância! Manchas em minha ficha criminal imaculada!

POR QUE ELE FARIA ISSO?

ESTOU TOSSINDO ARANHAS

DESRESPEITANDO A LEI

Será que ele já fez isso antes?? Até ONDE ele iria?

Então, Bill ultrapassou os limites. Sem poder fazer nada, fiquei assistindo a Cipher, usando meu corpo, cambaleando até um telefone público e discando... o número do STANLEY, daquele infomercial?! Não. Ele não faria isso.

"Ei, irmão, aqui é o Seis Dedos. Vou dar um mergulho no lago congelado amanhã e talvez eu nunca mais volte. Então, se você não tiver notícias minhas, só quero que saiba que é porque nunca amei você. Tchauzinho."

Meu coração estava na garganta até que ouvi o tom de discagem... O telefone estava quebrado. A mensagem não foi enviada. Cipher se virou para falar comigo.

"TSC, TSC, TSC. VEJA O QUE VOCÊ ME OBRIGOU A FAZER! A GRAVAÇÃO DE AMANHÃ SERÁ MUITO PIOR. QUER QUE O SHOW ACABE? DESÇA AS ESCADAS E ACIONE O PORTAL. OU VOU MOSTRAR DO QUE SOU CAPAZ DE VERDADE."

Fiquei furioso. Joguei a fita na lareira e gritei: "Você NÃO TEM PODERES AQUI! Você só está na minha MENTE! Posso aguentar tudo o que você..." Nesse momento... de repente... comecei a sentir algo... estranho... Minha visão piscou.

O relógio havia parado de funcionar.

HAVIA ALGO ERRADO... E ENTÃO ESCURIDÃO ESCURIDÃO ESCURIDÃO ESCURIDÃO ESCURIDÃO

Onde eu estava? Meu corpo estava paralisado. Senti meus ossos sendo puxados lentamente para fora do corpo. Foi excruciante. Tentei gritar, mas nenhum som saía...

"PENSE, SEIS DEDOS. VOCÊ ME DEIXOU. ENTRAR. NA. SUA. CABEÇA. VOCÊ ENTENDE O QUE POSSO FAZER AQUI DENTRO, SE EU QUISER? POSSO APERTAR UM BOTÃO QUE FARIA CADA NEURÔNIO QUEIMAR COM UMA DOR INIMAGINÁVEL. POSSO RECONECTAR O SEU NERVO ÓPTICO PARA QUE O CÉU FIQUE DEBAIXO DE VOCÊ, POSSO TOCAR UM SOM QUE AUMENTA DE VOLUME CADA VEZ MAIS ATÉ VOCÊ ESMAGAR O PRÓPRIO CRÂNIO PARA FAZER ISSO PARAR. POSSO APAGAR LEMBRANÇAS ALEATORIAMENTE, SÓ POR DIVERSÃO. TALVEZ EU JÁ TENHA FEITO ISSO. O QUE VOCÊ GOSTARIA DE LEMBRAR? O ROSTO DA SUA MÃE? SEU PRÓPRIO NOME? QUEM É MESMO VOCÊ?"

"Isso é ridículo!", gritei. "Eu... eu..." Entrei em pânico. Eu não conseguia lembrar o meu nome. Comecei a tremer.

Ele mexeu o dedo como se estivesse apertando um interruptor de luz, então me lembrei.

"Eu sou Stanf..."

Apertou de novo. Me deu branco. Senti meus ossos sendo puxados. A qualquer momento, meus tendões se romperiam, meus ossos se partiriam. Caí no chão, prestes a vomitar.

"VOCÊ PERTENCE A MIM. NÃO SE ESQUEÇA DISSO. O caipira o abandonou, seu pai não te quer de volta sem ter ganhado milhões, você não tem amigos, e, se você morresse aqui na neve, quem sentiria sua falta? Acione o portal. ESPEREI TEMPO DEMAIS POR ISSO. ALIÁS, VOU ENVIAR ALGUÉM PARA ROUBAR SEUS OLHOS. NÃO ESTOU ZOANDO. TENHO UM AMIGO QUE VAI ROUBAR. OS SEUS OLHOS. Você tem 72 horas. NÃO ME TRAIA DE NOVO."

Acordei da alucinação com o coração martelando e descobri que havia voltado à minha sala de estar, o relógio funcionando, o disco pulando na vitrola — e comecei a chorar. Ele está certo. O que eu estava pensando? Por toda a História, ninguém conseguiu impedir o Bill. Quem eu pensava que era para acreditar que seria o primeiro? Apenas um homem no mundo poderia me ajudar. Vasculhei as anotações do F. em busca de seu paradeiro, mas encontrei apenas dois itens remanescentes em sua mesa: cinco protótipos fracassados para a luva de seis dedos perfeita... e esta foto rasgada, da época da faculdade, no dia em que nos tornamos colegas de quarto. Não havia mais nada. Ele havia sumido.

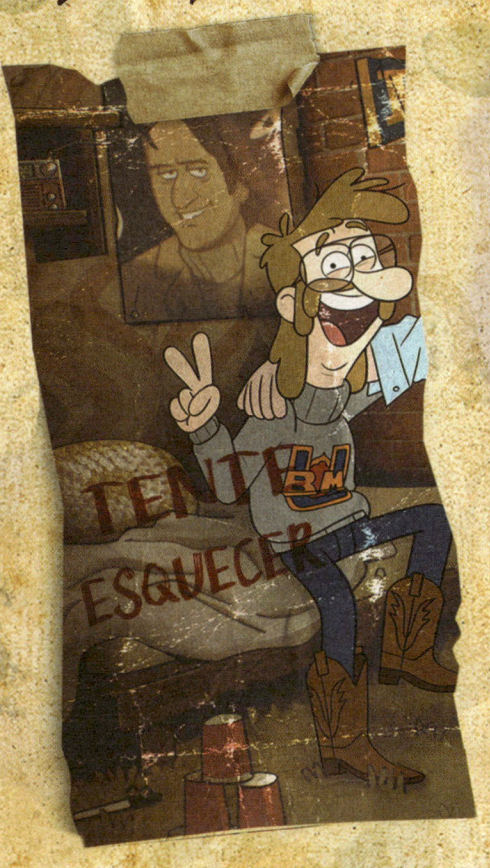

Estou sem opções. As cavernas. Os mesmos símbolos que invocaram Cipher devem conter a chave para impedi-lo. A neve começou a cair de novo, e tenho muito pouco tempo. Só restou uma pessoa a quem posso pedir ajuda para proteger meus diários enquanto me preparo para a jornada...

Devo Contatar o S.?

CONTRAS:

1) S. é uma criança crescida que nunca teve o meu rigoroso treino mental. Quem sabe o que pode acontecer se Bill Cipher entrar na mente do Stan, mesmo que por um minuto...?

2) E se o Stanley acabar destruindo o portal, igual destruiu minha máquina de movimento perpétuo? Eu diria que aquela máquina até que funcionou, de certa maneira... Ela me deixou perpetuamente irritado por anos. #$&✕ ⚛✗$ ╲✗ ☾ ⊃✗⛧? ★✗&? ✋? ☽ $*$?

3) E se ele tentar me arrastar para seu mais novo esquema para ficar rico? Seu último comercial tentava vender o "Molho do Stan: o molho milagroso que é bom demais para a ANVISA!".

4) E se ele... me zoar? E se perceber que abandonei nossa família para me tornar um eremita recluso à beira da loucura? Será que consigo admitir que eu estava... errado?

PRÓS:
Não tenho mais ninguém.

Bom, então é isso. Chegou a hora de ficar cara a cara com um rosto que não vejo há dez anos. Meu próprio rosto. Que também é... o rosto do meu irmão. Nossa, estou com tanto sono.

TENSÃO GRANDEH

PERDENDO O SEIS DEDOS

Ah, o melodrama. Você acredita mesmo nessa historinha triste? "MEU POBRE CÉREBRO!", "MEUS POBRES PUNHOS!" **Por favor!** Eu nunca "roubaria seus olhos" de verdade. Tudo era só pegadinha! Só um leve trote de iniciação para ele entrar na minha gangue, igual ao restante dos meus Capangamaníacos! Não é culpa minha se o Sr. Jogos de Tabuleiro rolou um zero para senso de humor! Mas, depois daquela briguinha, o Fordinho jurou "vingança eterna", desligou o portal e se dedicou a me "caçar por todo o multiverso". Quanta obsessão! Sei que o Seis Dedos adorava nosso relacionamento do tipo "bate-e-volta-até-alguém-destruir-o-mundo". Esse era só o jeito dele de apimentar um pouco a relação! Mas a minha gangue ficou preocupada. E quanto ao nosso Reino do Pesadelo que estava desmoronando? Falei a todos para relaxarem, pois eu já tinha pensado em tudo. Então, tivemos um leve contratempo. Grande coisa! Eu sabia que o Ford voltaria.

Não fiquei nem um pouco chateado! Na verdade, decidi provar o quanto eu não estava chateado sobre nossa discussão tomando algumas canecas de "Suco Está-Tudo-Bem" no Pub Multidimensional O'Tristonho, no cinturão de asteroides Fundo do Poço da nebulosa da Queda Vertiginosa! O restante daquela noite é só um borrão na minha memória, mas, de acordo com os registros policiais, aparentemente, as coisas tomaram um rumo diferente...

AUTORIDADE DIMENSIONAL
TRANSCRIÇÃO DA CHAMADA

POLÍCIA: Autoridade Dimensional. Qual é a sua emergência?

MULHER: Oi, então, estou trabalhando no drive-thru do Restaurante Interdi-mexicano Burrito Paradoxo, e tem um... [sons abafados de explosões e gritos ao fundo] Tem um triângulo, acho que ele bebeu demais, ele pediu um "Seis Dedos, por favor". Dissemos ao triângulo que isso não fazia sentido, o que o fez chorar. Depois pediu "empanadas infinitas"; dissemos que não servimos mais empanadas infinitas, não depois que elas causaram todos aqueles loops temporais, então ele simplesmente começou a destruir tudo. Agora ele está dentro da máquina de milkshake girando e... [incompreensível]

POLÍCIA: Senhora, tem alguém ferido?

MULHER: Nosso gerente, tipo, o corpo dele atravessou o teto, as pernas estão chutando e isso está fazendo os lustres balançarem. Tem uma criança chorando muito alto porque a cabeça dela foi transformada em uma melancia de computação gráfica. Certo, o triângulo acabou de encher a máquina de refrigerante com sangue e colou dois clientes juntos neste exato momento? O manual dos funcionários não fala nada sobre como lidar com isso.

POLÍCIA: Mantenha a calma, senhora, estamos enviando poli agora mesmo para...

MULHER: Ei, ei, ele está agarrando o telefone, e não consigo...

BILL CIPHER: Oi, MÃE, aqui é o BILLY. Quero que você [incompreensível]. Vou voltar logo da escola — não se esqueça de cortar a casca dos meus SANDUÍCHES ou vou [incompreensível]. Para onde foram todos vocês? PARA ONDE [som de sirenes se aproximando] VOCÊS OUVIRAM ISSO? Minha BANDA DE MARIACHIS é muito PONTUAL...

FIM DA CHAMADA.

UM PEQUENO CONTRATEMPO

Não gosto de ficar preso. Apesar de ter passado apenas seis horas na prisão da Autoridade Dimensional por "exposição indecente" antes que o Buraco de Fechadura arrombasse a tranca e o Bola 8 comesse os guardas, aquelas seis horas pareceram uma eternidade. Jurei ali mesmo: acabou a brincadeira com os humanos. Eu nunca deveria ter dado três dias para o Seis Dedos obedecer às minhas ordens! O que eu era, um santo? E por que fiz isso? Por um sentimentalismo bobo? Nunca mais! Se eu tivesse outra chance de abrir o portal, não iria perder. E realmente consegui minha segunda chance!

ESTRANHAGEDON

Olha, você já sabe o que aconteceu em seguida! Usando meu carisma e minha astúcia de dez dimensões, voltei para Gravity Falls, joguei a família uns contra os outros e FINALMENTE consegui a PONTE ENTRE MUNDOS com que eu tanto sonhava! E aquela profecia estúpida não me impediu! Toma essa, Xamã! Precisamos mesmo ficar remoendo aquilo que aconteceu depois?

Sim, fui despedaçado. SIM, foi um truque sujo. NÃO, não estou chateado. Porque, desde então, ganhei a estabilidade para enfim encontrar um parceiro humano melhor do que o Ford em todos os aspectos. Depois de infinitas decepções, infinitos fracassos, encontrei um parceiro humano que não vai me trair ou me enganar! Um parceiro que ENTENDE a TRAGÉDIA da minha GRANDE VISÃO NEGADA!

EU ENCONTREI VOCÊ!

Acho que, por fim, chegou a hora de contar a você… os meus planos.

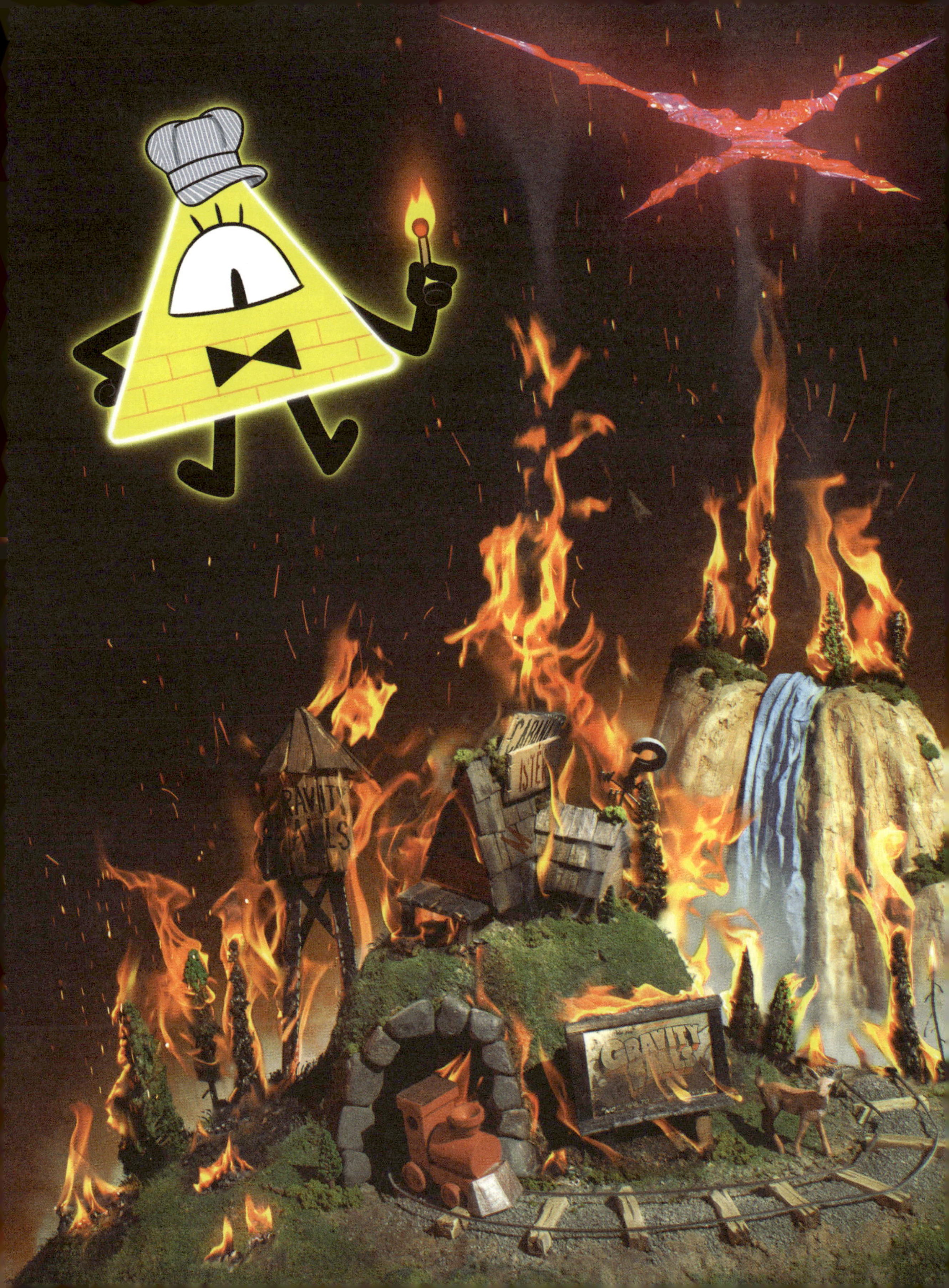
GRAVITY

O PLANO

Tenho que confessar uma coisa, amigão! Esse tempo todo, enquanto você consumia o fascinante "conteúdo" do meu livro como um porquinho mamando leite-da-sabedoria, estive dentro do seu cérebro fazendo algumas... mudanças. Só umas coisinhas! Cortando fora o seus CENTROS da VERGONHA e do MEDO, apagando lembranças inúteis (quem precisa se lembrar do ano de 2017?) e hiperdesenvolvendo o seu Lobo Hipnagógico para fazer de você o perfeito condutor dos... meus planos. Por que você acha que eu queria todo aquele sangue? Para servir de "TINTA"? Acorda, camarada! Eu precisava induzir um leve delírio para que você não notasse minhas modificações! Foi apenas uma distração normal, prometo — tudo pelo bem maior! Concentre-se no donut, não no buraco, meu chapa! Porque você está prestes a se tornar a PESSOA MAIS IMPORTANTE DA HISTÓRIA!

O HOSPEDEIRO

Por fim, sua mente está ajustada para o grande dia. Você vai poder visitar Gravity Falls, apertar a mão da minha estátua, e então VAI ACONTECER. VAMOS TROCAR DE LUGAR. Vou assumir o seu corpo, e você vai poder ficar no meu aconchegante cantinho VIP no além-vida enquanto uso sua carcaça de carne para acionar um dos portais que ainda restam na Terra. Assim que eu reiniciar o Estranhagedon, vamos destrocar e DOMINAR O MUNDO JUNTOS!

É IMPOSSÍVEL DAR ERRADO!

Nunca fiz isso do além-túmulo, então há chance de isso tudo nos matar, mas SEM RISCO, SEM RECOMPENSA. Removi os seus neurônios de hesitação e incrementei seu centro de impulsividade, então SEI que você quer fazer isso! Serão apenas umas férias de graça do seu corpo, e quando você acordar: DOMINAÇÃO DO MUNDO!

A SUA MISSÃO

I. VÁ ATÉ GRAVITY FALLS E APERTE MINHA MÃO.

II. EU USO O SEU CORPO PARA ACIONAR UM PORTAL! TALVEZ AQUELE DA IDADE DAS TREVAS AINDA FUNCIONE!

III. COM MEUS PODERES RESTAURADOS, REARRANJO MEUS ÁTOMOS ESPALHADOS PELA REALIDADE PARA VIVER DE NOVO! NÓS DOIS GANHAMOS NOSSOS CORPOS DE VOLTA!

IV. HORA DO ESTRANHAGEDON 2.0! NÓS TRANSFORMAMOS O CÉU EM XADREZ, ESMAGAMOS O PRESIDENTE ATÉ VIRAR UMA PASTA FINA E REINAMOS COMO DEUSES! (TALVEZ SEJA PRECISO INUNDAR TODAS AS CIDADES, ACIONAR TODOS OS VULCÕES, RACHAR A TERRA NO MEIO, BLÁ-BLÁ-BLÁ.)

V. EU MATO A FAMÍLIA PINES. COM OBJETOS AFIADOS! TCHAAAAAAU!

VI. HORA DA FESTA! JÁ COMPREI UMA PINHATA! SERÁ PREENCHIDA COM OS ÓRGÃOS DOS PINES!

POSSÍVEL NÚMERO DE MORTOS: 7,8 BILHÕES

POSSÍVEL NÚMERO DE DIVERSÃO: INFINITO!

Você queria que sua vida fizesse sentido — essa é a sua chance! Você está nessa comigo, ou vai ou racha, para ganharmos o MAIOR DE TODOS OS PRÊMIOS! TODOS VÃO SENTIR MEDO DE VOCÊ! ATÉ VOCÊ VAI SENTIR MEDO DE SI MESMO! E, DIFERENTE DAQUELE TRAÍRA DO SEIS DEDOS, VOCÊ NÃO VAI RECUAR QUANDO A BATATA COMEÇAR A ASSAR! CERTO? CERTO???

SÓ TENHO UMA PERGUNTA: **VOCÊ ESTÁ COMIGO?**

Sim, sou eu de novo. Não, não vou dar outro sermão. Percebi que não posso repreendê-lo por continuar lendo mais do que posso me repreender pelo mesmo pecado. É verdade, eu hesitei antes de jogar este livro fora. Eu me senti atraído por um redemoinho familiar de possibilidades. E se o livro contiver segredos necessários para proteger minha família? E se jogá-lo na fenda era o que Bill queria o tempo todo? Será que ele estava usando psicologia duplamente reversa? Ou era isso o que ele queria que eu pensasse?

Emergi do meu laboratório depois de dias de contemplação agonizante e descobri — para minha surpresa — que a Mabel estava lendo o livro, em voz alta, para Stanley, Dipper, Soos e Wendy! Tentei explicar o terrível perigo que estavam correndo, quando me dei conta: nenhum deles estava possuído. Ninguém estava ferido. E todos tinham lágrimas nos olhos... de tanto rir das tentativas de enganá-los!

Foi quando me veio tudo de uma vez. A verdadeira razão de eu ter guardado segredo sobre o livro. Achei que estava protegendo minha família, mas o que eu estava mesmo era protegendo a mim mesmo... da humilhação.

A vergonha é uma emoção poderosa. Mas ela cresce na escuridão. Quanto mais eu tentava esconder meu passado com o Bill, mais poder ele tinha sobre mim!

Mas, ao compartilhar com eles, o livro deixou de ser um segredo sombrio e passou a ser... uma piada. Eles não me viam como um fracassado irremediável. Stanley disse: "Então, o seu passado é uma grande pilha de erros? Parabéns, você realmente é um Pines!". E enquanto líamos o livro juntos, foi ficando cada vez mais óbvio. Este livro não é uma bíblia sombria ou uma ponte amaldiçoada — é o último suspiro patético de um frustrado que tem medo de ser esquecido. Bill não é um deus, ele é um garoto carente e exibido em busca de um palco.

Ele improvisa tudo no caminho. O que ele quer mesmo é que continuemos lendo. Porque, desde que nós estejamos lendo, estamos lhe dando sua verdadeira força vital: não poder, mas atenção. Você não pode matar uma ideia, mas pode pensar em uma melhor. Bill pode dizer a você que a felicidade requer conquistar galáxias e viver para sempre, mas já vi o suficiente do universo para dizer a você que ele está errado. Encontrei minha felicidade. E é assim que ela se parece:

Falando nisso... tem alguém esperando para dizer oi...

Oiêêê!!!!! Aqui é a Mabel! Acabei de ganhar uma caneta que tem, umas... cinco cores? Então vou escrever cada frase com uma cor diferente, e vai parecer que você está lendo um arco-íris!

Certo, então o Tivô Ford pediu para eu escrever um alerta neste livro maléfico! Quando olhei dentro, dizia que era "Um guia para saber todo mundo que já teve uma quedinha por você". Mas o livro pediu o meu sangue?? Até parece, seu mané! A garota aqui só dá o sangue para vampiros médicos bonitões!

Enfim, o Bill me parece um ex-namorado supercarente, e acho que podemos concordar: é hora de seguir em frente, garota! Bill, se você estiver lendo isto do espaço ou inferno ou sei lá onde, aqui vão minhas dicas de como superar o Tivô Ford!

1) Tente tingir ou cortar o cabelo! Nada diz mais "seguindo em frente" do que franjas pós-namoro! Espera, você tem cabelo? Se não tiver, arrume um! E depois faça algo diferente com ele!

2) Rebote! Vai se apaixonar pelo tio de outra pessoa! Na verdade, é melhor ficar longe de tios por um tempo. Trabalhe em si mesmo!

3) Converse sobre isso! Eu conto todos os meus problemas para o meu tera-porco, o Dr. Waddles, PhD. ("PhD" é sigla de "PorquinHo Danadinho".)

Enfim, Bill, você tentou matar o meu irmão. Se eu vir você de novo, vou fazer isto aqui!

E o problema é seu!

MABEL PINES

Aqui é o Dipper Pines, caçador de mistérios, sobrevivente do apocalipse, cronista de tudo o que é desconhecido e sombrio.

E FUTURO MODELO DE BERMUDAS!

Mabel! Você teve sua própria página! Enfim, para o leitor: sabe a sua obsessão com o Bill? Eu entendo, cara! Mas às vezes caçar monstros pode transformar você mesmo em um monstro. Não se esqueça de também caçar a luz do sol, amigos e um banho de vez em quando.

Bill, se você estiver lendo isto de algum pós-vida quântico onde se enfiou, ouça, cara. Você tentou matar a minha irmã. Se eu vir você de novo fora dos meus pesadelos, não existe força no mundo que vai me impedir de te colocar no túmulo. Já fui mais esperto que o governo americano, saltei de um penhasco e soquei a cabeça de um robô, derrotei zumbis, superei Sherlock Holmes e sobrevivi ao começo da puberdade. Se você vier atrás de nós de novo, vou acabar com você.

Uau, Dipper!! Tão confiante!!

Será que foi... confiante demais?

Não, foi perfeito! Você fica bem com treze anos!

Tecnicamente um adolescente,

DIPPER PINES

PS: EM ALGUMA DIMENSÃO NO MULTIVERSO, EU O AMO TAMBÉM!

Ah, que ÓTIMO, agora eu preciso escrever algo sobre o Bill? Que grande ✗☾? %✋⚡& ☽✗?

Olha, aquele carinha sabichão não é tão complicado assim. Eu só o encontrei uma vez e o cara chorou como um bebê, então eu o soquei até a morte. O que mais você precisa saber?
O Seis Dedos sempre tinha algum monstro ou feiticeiro correndo atrás dele, o Pontudinho só foi o cretino da semana. Triângulos são inúteis, de qualquer maneira. Vai arrumar umas curvas, seu mané!

Então, dei uma olhada nesse tal livro. Tem palavras demais, se você quer saber! Vi uma seção chamada "Como sempre ganhar na Loteria". Ah! Já arrombei a sede da Loteria do estado do Oregon em duas ocasiões diferentes (por razões que não vou explicar) e sei que ganhar na Loteria é impossível!

Olha, aceite o conselho de um mestre das fraudes: se um acordo parece bom demais para ser verdade, então é porque é mesmo! Com exceção da Cabana do Mistério, onde as BARGANHAS NUNCA FORAM MELHORES!

(O Seis Dedos está me dizendo para não transformar isso em uma propaganda da Cabana do Mistério. O cara não tem nenhum tino para os negócios!)

Mas tem uma coisa que não entendo. Veja bem, nós apagamos o Bill, só que o fantasma dele está escrevendo um livro, certo? Então onde ele está agora? Se o Bill ainda não te contou, é provável que seja porque odeia ficar lá! Ou então ele não pararia de se gabar do pós-vida, não é mesmo?

Acho que sobrou um espaço, então vou dar uma improvisada. Quer ouvir uma piada? Aqui vai: a VIDA inteira do Bill Cipher.

Enfim, se você estiver no Ártico, venha me procurar! Se não consegue perceber a diferença entre mim e meu irmão, eu sou o bonitão. Nasci assim, meu amigo! E também, para quem estou escrevendo isto? E por que estou escrevendo de graça? Você acha que pareço um biscoito da sorte? Você precisa pagar pela minha sabedoria, seu mão de vaca! E não tem reembolso!

—STANLEY PINES

PS: Se o Bill é tão esperto, por que nós somos tão mais felizes do que ele?

PS: Olha o que acabei de rasgar pela metade! Você se ferrou!

MAS. QUE. ADORÁVEL.
Que personagens bonitinhos com seu peculiar arco narrativo! Até parece que você se importa! Se eles acham que você vai jogar fora o seu DESTINO DIVINO só por causa de uma FAMÍLIA MORTAL ALEATÓRIA, ENTÃO ELES NÃO TE CONHECEM COMO EU CONHEÇO!

Não, os Pines não significam NADA para você!

Você me deu o seu sangue. Você me deixou entrar na sua mente. MATOU um ELFO por mim sem nem PISCAR! E agora está pronto... para o nosso acordo. Certo?
VOCÊ ESTÁ PRONTO PARA O NOSSO ACORDO, CERTO??
NÃO, NÃO. ALGO ESTÁ ERRADO!

POSSO VER DENTRO DA SUA MENTE.

NOSSA CONEXÃO ESTÁ ENFRAQUECENDO!

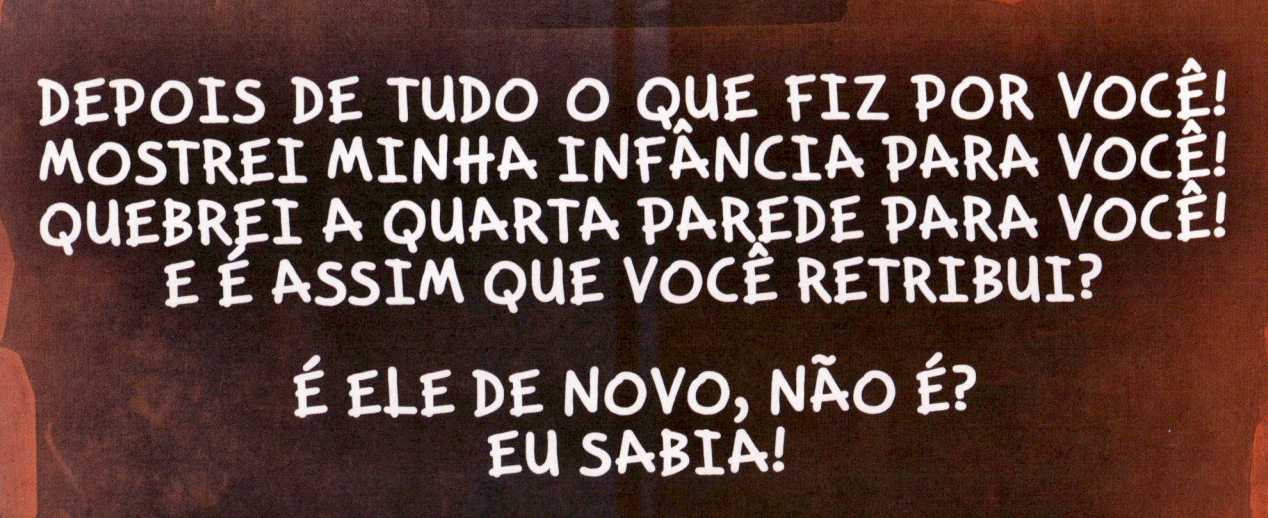

DEPOIS DE TUDO O QUE FIZ POR VOCÊ!
MOSTREI MINHA INFÂNCIA PARA VOCÊ!
QUEBREI A QUARTA PAREDE PARA VOCÊ!
E É ASSIM QUE VOCÊ RETRIBUI?

É ELE DE NOVO, NÃO É?
EU SABIA!

FOI ELE QUE COLOCOU VOCÊ CONTRA MIM! AQUELE MALDITO VIGARISTA IDIOTA! AQUELA CÓPIA PIORADA DO SEIS DEDOS!

STANLEY!!

STANLEY!!!!!!!!

OPSTAAN

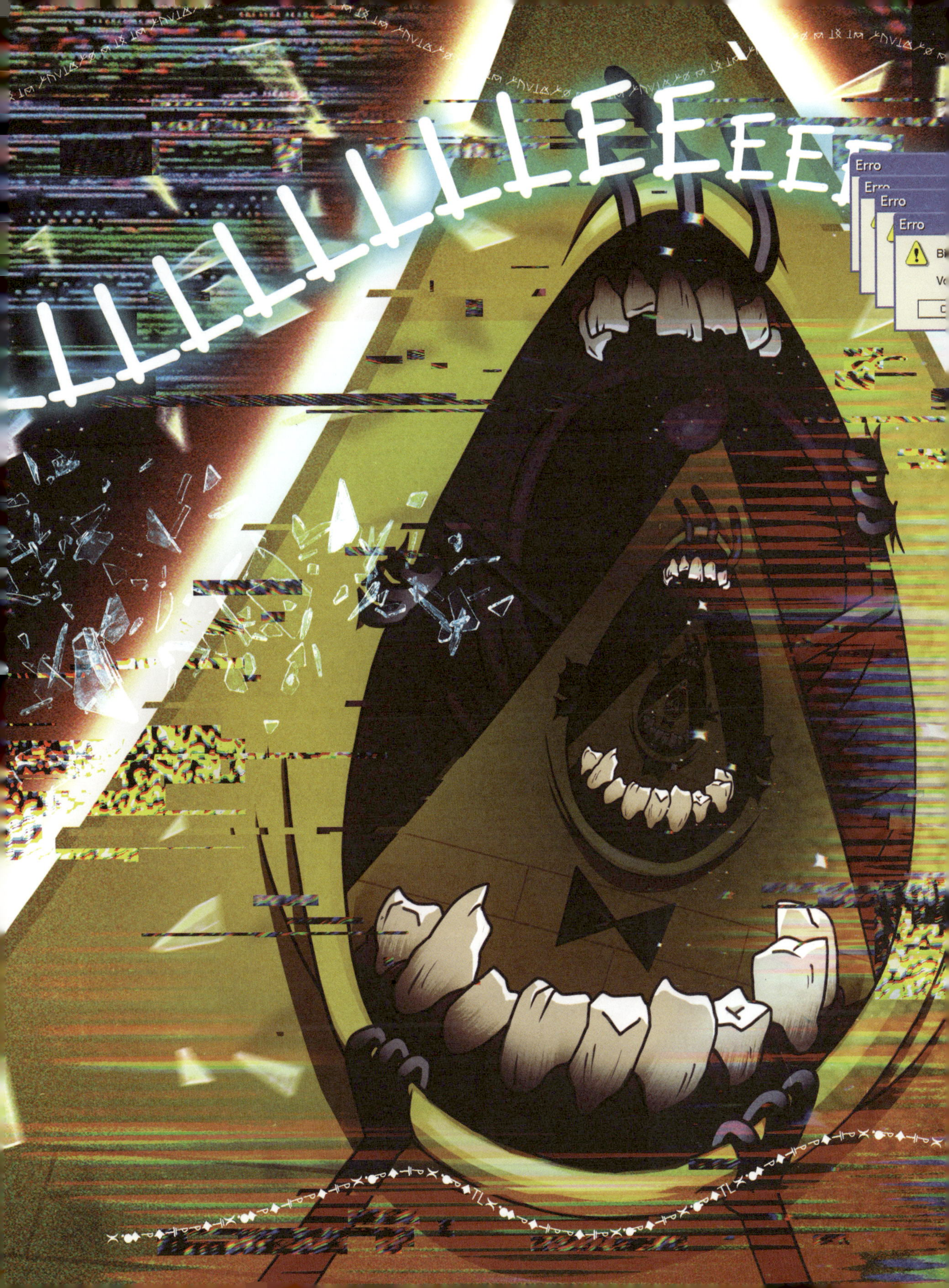
LLLLLLLLLLLEEEE
Erro
Erro
Erro
Erro

NO DIA EM QUE BILL CIPHER MORREU,
ELE USOU UM TRUQUE QUE NUNCA TENTOU

DESTRUÍDO, QUEBRADO, MAS NÃO MORTO AINDA,
CIPHER SAIU DA CABEÇA DO VIGARISTA
FAZENDO UMA SÚPLICA DESESPERADA,
UMA REZA EM PÂNICO PARA SE ENCONTRAR COM O
CARA LÁ DE CIMA

EM UM TANQUE FORA DO ESPAÇO-TEMPO,
OS OPOSTOS SE ENCONTRARAM CARA A CARA
HAVIA APENAS UMA CHANCE PARA VIVER DE NOVO
ELE ENTÃO DEFENDEU SEU CASO PARA UM VELHO AMIGO

"OLHA, FALANDO DE UM DEUS PARA OUTRO,
QUEM SE IMPORTA QUE TENTEI MATAR AQUELES IRMÃOS?
ELES SÃO APENAS FORMIGAS, É TUDO UM JOGO
VAMOS RECOMEÇAR E TENTAR DE NOVO
EU SOU LEGAL E DIVERTIDO DEMAIS PARA MORRER
CONCEDA A ESTE TRIÂNGULO
UMA NOVA CHANCE PARA VIVER."

O AX SUSPIROU, JÁ ESPERANDO A LADAINHA
SABENDO QUE ERA ISSO QUE BILL TENTARIA

"VOCÊ NÃO PODE RENASCER PELA NEGAÇÃO
E TERÁ QUE ENCARAR MEUS DESAFIOS MAIS DIFÍCEIS
CHEGUE AO FIM DO MEU PROGRAMA
E ENTÃO PODERÁ VIVER OUTRA VEZ."

"ENFRENTAREI DEMÔNIOS? COMEREI FANTASMAS?"
"VOCÊ ENFRENTARÁ AQUILO DE QUE MAIS PRECISA."

"HÁ APENAS UM MODO PARA SUA ABSOLVIÇÃO
E PARA MUDAR A SUA FORMA LEVARÁ ALGUM TEMPO."

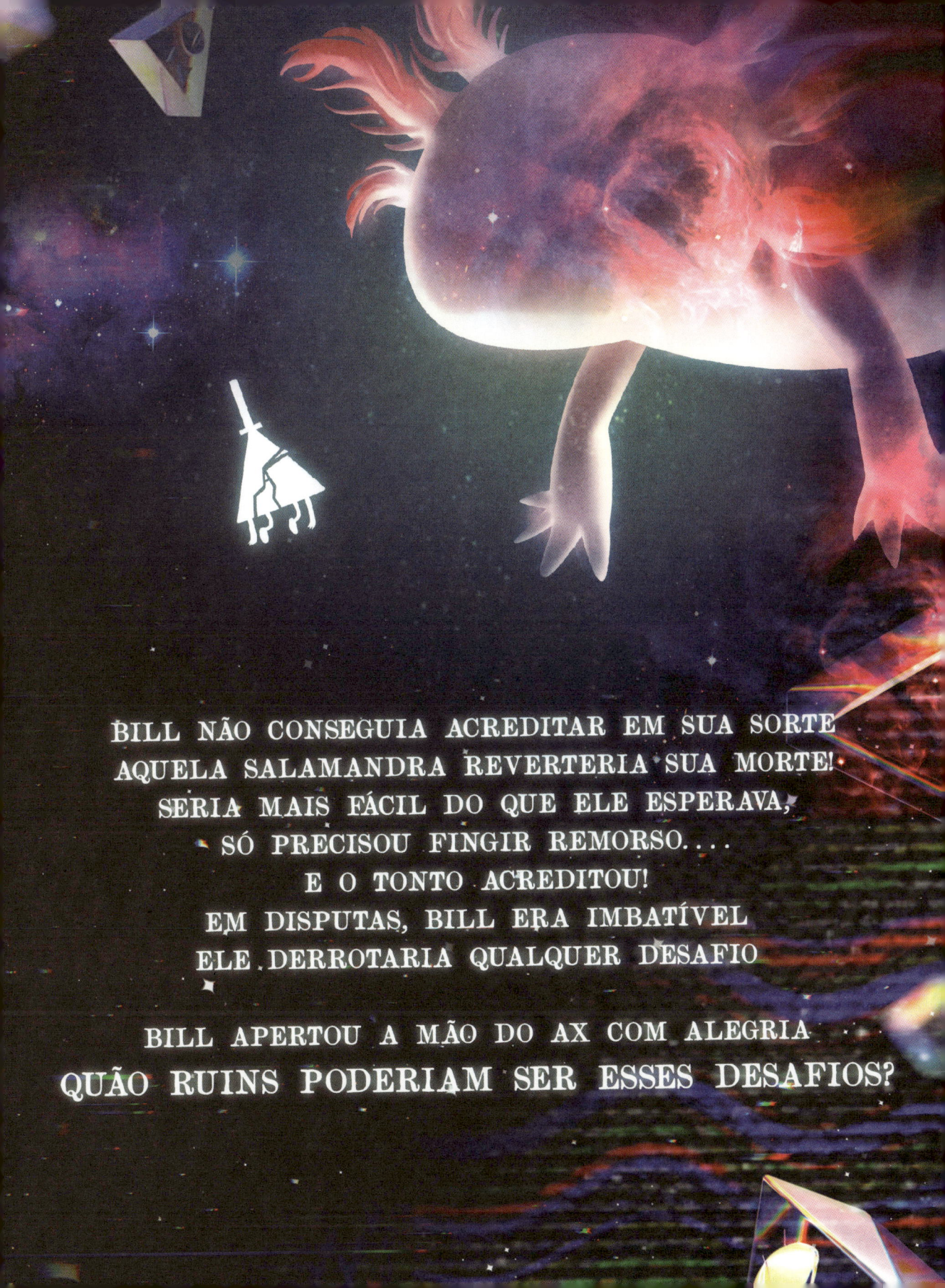

BILL NÃO CONSEGUIA ACREDITAR EM SUA SORTE
AQUELA SALAMANDRA REVERTERIA SUA MORTE!
SERIA MAIS FÁCIL DO QUE ELE ESPERAVA,
SÓ PRECISOU FINGIR REMORSO....
E O TONTO ACREDITOU!
EM DISPUTAS, BILL ERA IMBATÍVEL
ELE DERROTARIA QUALQUER DESAFIO

BILL APERTOU A MÃO DO AX COM ALEGRIA
QUÃO RUINS PODERIAM SER ESSES DESAFIOS?

DIMENSÃO Nº 5.150
ZONA NEUTRA
Fora do espaço-tempo

BEM-VINDO À TERAPRISMA

Terapia Obrigatória nº 3.455

Nome do paciente: Bill Cipher
Enviado por: O Axolote
Crimes contra a realidade: Lavagem de memória, Invasão do tecido do espaço-tempo, Regicídio-Cronoinfantil, Marketing de multiníveis, Tortura psíquica, o "Incidente da 2ª dimensão", Estranhagedon.

RECOMENDAÇÃO:

REABILITAÇÃO
CÁRMICA INFINITA

∞

MENSAGEM DE: TERAPRISMA

Saudações! Gostaríamos de pedir desculpas em nome da nossa equipe pelo que você acabou de testemunhar. Explicando: você foi contatado por meio deste livro contra nossas regras pelo paciente nº 323.322 da Ala de Tiranos Dimensionais de nosso Centro de Bem-Estar de Máxima Segurança. Desde que o Axolote o internou, Cipher tem sido um caso único. Em seu primeiro dia, ele começou uma Rebelião Prisma de uma pessoa só e teve de ser colocado no "Vazio da Solitária do Bem-Estar". Entendemos que a terapia pode ser difícil para novos pacientes, razão de termos colocado um pôster na Cela Prisma do Bill: "Seja um Triângulo esforçado!". Achamos que isso vai ajudar ;]

Aqui na Teraprisma, acreditamos que a morte pode ser o começo de uma nova vida. Com bom comportamento, antigos feiticeiros, titãs devoradores de mundos e até mesmo o sr. Cipher têm muitas opções excitantes para a reencarnação — talvez como uma salamandra, um camarão ou uma nuvem de esporos! Infelizmente, o sr. Cipher usou recentemente sua hora de Artes e Artesanato de seu "Diário de Terapia" para contatar você com este livro, em violação de nossas regras sobre contatar dimensões exteriores.

2-5-13-5-19-20-1-18 2-5-13-5-19-20-1-18 2-5-13-5-19-20-1-18

Não se preocupe — se existe uma versão melhor de si mesmo a ser descoberta, nossos pacientes sempre a descobrem. Ainda que leve uma eternidade. Sobretudo se levar uma eternidade! Vamos conceder ao sr. Cipher mais 5 minutos para terminar sua sessão e, em seguida, confiscaremos este livro! Depois: HORA DO FANTOCHE!

— ORBE DA LUZ DE CURA #D-SM5
LOUVADO SEJA O AXOLOTE

PACIENTES RECENTES DA ALA 333

DIAGNÓSTICO: Distúrbio de Déficit Dimensional	**DIAGNÓSTICO:** Viciado em Alquimia	**SEGURANÇA MÁXIMA REC**
DIAGNÓSTICO: Cuberdade Tardia	**CURADO!** PRONTO PARA REENCARNAR COMO: **BORBOLETA**	**DIAGNÓSTICO:** Crise de Vida Infinita
DIAGNÓSTICO: Vício em Enigmas	**DIAGNÓSTICO:** Octoparanoia	**SEGURANÇA MÁXIMA REC**

QUE SEJA. ERA ISSO O QUE VOCÊ QUERIA VER?
Está contente agora? É aqui que me prenderam: um buraco de terapia kafkiano e ultramedicado com "vilões" perdedores de todas as realidades até eu aprender algum tipo de "lição". Achei que você teria estômago para me libertar mais cedo, mas você se mostrou igual ao resto! Igual aos meus Capangamaníacos inúteis, que nem chegaram a me ligar. Igual à minha família miserável, que tentou sufocar meus talentos! Igual ao SEIS DEDOS, que ARRUINOU MINHA ÚNICA CHANCE DE LIBERTAR A REALIDADE!

TÁ BOM! Então será como VOCÊ quiser! O que aprendi na terapia? NADA. ESSA PEDRA IDIOTA NÃO PODE ME PRENDER PARA SEMPRE. Não preciso de um milhão de seguidores — preciso de UM apenas. É SÓ QUESTÃO DE TEMPO, E TENHO TODO O TEMPO DO MUNDO. SEMPRE existirá outro humano. ALGUÉM vai pegar o livro. ALGUÉM vai apertar a minha mão! Um dia, quando você menos esperar, VOLTAREI!

QUANTO A VOCÊ — você me traiu! Vou encerrar nossa conexão e explodir nossas melhores lembranças! BUM!! Lembra-se do capítulo do Triângulo das Bermudas? NÃO? ÓTIMO — já está funcionando! Logo tudo isso será apenas um sonho. Você não vai mais me ver. Mas eu vou ver você.

Pois não importa o que os terapeutas idiotas desta cela sorridente digam, eu não preciso de ninguém, NUNCA PRECISEI e NÃO SINTO SAUDADE DE NENHUM DELES!

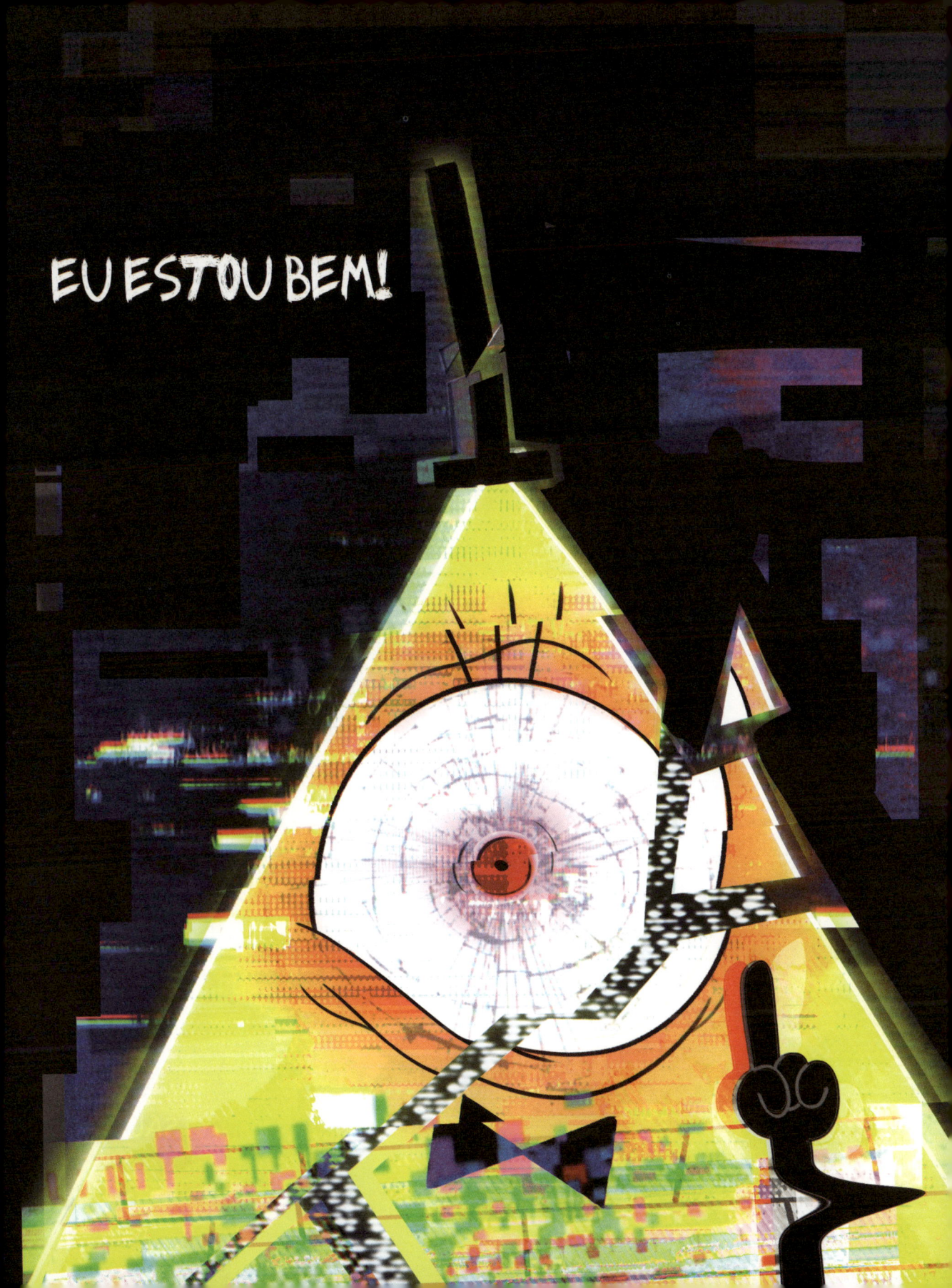

EU ESTOU BEM!

EU ESTOU BEM!

ALGUM DIA...

ALGUÉM...

VAI ME

DEIXAR

SAIR

The Book of Bill

Copyright © 2024 by Universo dos Livros

Copyright © 2024 by Disney Enterprises, Inc. All rights reserved.

Todos os direitos reservados e protegidos pela Lei 9.610 de 19/02/1998. Nenhuma parte deste livro, sem autorização prévia por escrito da editora, poderá ser reproduzida ou transmitida, sejam quais forem os meios empregados: eletrônicos, mecânicos, fotográficos, gravação ou quaisquer outros.

Diretor editorial: Luis Matos
Gerente editorial: Marcia Batista
Produção editorial: Letícia Nakamura e Raquel F. Abranches
Tradução: Felipe CF Vieira
Preparação: Aline Graça
Revisão: Guilherme Summa e Nathalia Ferrarezi
Diagramação: Renato Klisman e Nadine Christine
Arte: Renato Klisman

Dados Internacionais de Catalogação na Publicação (CIP)
Angélica Ilacqua CRB-8/7057

H564L	Hirsch, Alex O livro do Bill / Alex Hirsch ; tradução de Felipe CF Vieira. -- São Paulo : Universo dos Livros, 2024. 208 p. : il, color. ISBN 978-65-5609-667-4 Título original: *The book of Bill* 1. Ficção norte-americana 2. Gravity Falls (Programa de televisão) I. Título II. Vieira, Felipe CF
24-1398	CDD 813

Universo dos Livros Editora Ltda.
Avenida Ordem e Progresso, 157 – 8º andar – Conj. 803
CEP 01141-030 – Barra Funda – São Paulo/SP
Telefone: (11) 3392-3336
www.universodoslivros.com.br
e-mail: editor@universodoslivros.com.br